壊れオメガは俺のもの

髙月まつり

illustration:
みずかねりょう

prism bunko

CONTENTS

壊れオメガは俺のもの

人間には男女の性別の他に「アルファ」「ベータ」「オメガ」というもう一つの、いわゆる「第二の性」が存在する。

ヒエラルキーの頂点であるアルファは名門として世界を支配し、もっとも人口の多いベータは社会を築き労働する。また、男女の営みでのみ子を成しているのはベータだけだ。

そしてオメガは、アルファの繁栄の一端を担っていた。

男女のアルファ同士のセックスで子孫は全く生まれないわけではないが、極めて妊娠率が低い。それを補うのがオメガで、彼らは男女関係なく、アルファの子供を宿すのに大変適した体を持っている。

オメガは、十三歳前後の思春期から「ヒート」という発情期が四ヶ月に一度、二週間続くが、事前に抑制剤を飲んでいれば問題ないといわれている。

また、アルファに首の後ろを噛んでもらう儀式を済ませて「番《つがい》」になれば、番以外にフェロモンが効かずに体が安定した。

しかしここ十年でオメガの出生率が上がったことにより、アルファ側の「オメガ保護のための番契約」で、今まで無制限だった「アルファが保護できるオメガの人数」に「上限」がもうけられた。

オメガがアルファのように希少だからこその「保護のための番契約」だったが、オメガが増えると、名門として繁栄したいアルファたちは、オメガの外見や能力を重視し「よりよいオメガ」を選別するようになった。

アルファの保護を失い彼らの選別から零れ落ちたオメガたちだったが、彼らは彼らで自分たちの体質を優位に使い「オメガ風俗産業」を立ち上げることに成功した。

オメガ風俗は、今は夜の街を賑わせ繁栄しつつあった。

「アルファ様に真夜中の夢を味わっていただくためにやって参りました。多岐真冬《たきまふゆ》と申します。ふつつか者ではありますが、これから黎《れい》さんに精一杯ご奉仕させていただきますので、ひとまず三ヶ月、よろしくお願いいたします」

「は？　何それ……」

初夏の爽やかな空気をまとった訪問者が一人。

スーツ姿で深々と頭を下げる真冬を前に、パジャマ代わりのジャージを着ていた羽瀬川《はせがわ》黎は「なんの訪問販売《ほうはん》だよ」と呟いた。

「黎。いろいろ訳あって会社を一つ作ってみたんだ。モニターの一人として試してみてくれないか？」

自ら起こした羽瀬川製作所という会社で最先端技術の研究をしている父に、そう言われたのが一ヶ月ほど前。

羽瀬川家は日本のアルファ名門の一つだが、他のアルファ名門のように「子孫を増やして財を築く」よりも「己の好奇心に従って生きろ」という本能重視の名門で、今までそれで各分野の知識人有名人を世に送り出してきた。父もその一人で、会社の名前こそ職人的な名前だが、世界の有数企業から引く手あまたの技術と知識を提供している。最近は宇宙開発で何やら儲けているようだが、そういうことに関心のない黎にとって、希代の科学者は「ちょっと変わっているが面白い父」というスタンスだ。

新しい会社やモニターがなんなのか、ちゃんと聞かなかったが、断る理由がなかったので、「別にいいけど」と軽く返事をした。

そして今、黎は訝しげな視線で目の前の青年を見下ろす。

「俺はアルファだから、どんな嘘をついても相手の性別は分かるんだけど……」

多岐真冬と名乗った青年は、どこから見ても「ベータ」にしか見えなかった。

黒い短髪で、大きめの瞳も黒。肌の色は黎と同じ。身長も、一七八センチの黎と目線が変わらなかった。すらりと通った鼻筋に、形のいい少し薄めの唇。落ち着いた雰囲気をまとっているから黎より何歳か年上だろうか。そして、なかなかいい男だ。

その青年が、出会った途端に「奉仕します」と言った。

何が起きても不思議じゃない昨今だが、これはさすがに不思議だろう。

「俺、オメガをモニターするなんて聞いてないんだけど？　どういうことだ？」

「羽瀬川博士のメールに書いてあると思うのですが……。私は『壊れオメガ』で、商品として成り立つかどうかのモニターをお願いしたいのです」

「そんなこと書いてあったかな……。そうか、『壊れオメガ』か。なるほど。だからオメガの匂いと違うのか…………って、おいっ！」

黎は大声を上げて真冬を見る。そして笑顔で自分を見つめている彼を改めて観察した。

真冬の瞳に、自分の顔が映る。

自分で言うのもなんだけど、いつも通りの美青年だ。

母譲りの柔らかな栗色の髪、長いまつげは目に影を落とし、その目は光の加減で琥珀色に見える。この目で見つめたら、誰も彼もがうっとりと頬を染める。背中に花を背負って歩いても、全く遜色のない美形。ついでに頭脳も最高で、両親と海外に住んでいたときに十八歳で大学を卒業し、帰国してから日本の大学に通って二年になる。

アルファ同士は妊娠率が極めて低く、仮に妊娠できたとしても出産に至るまでのケースは希《まれ》だ。彼らが子を成すときはオメガを借り腹にするのが当然だが、黎はオメガを介さずアルファの母から生まれたスペシャルベビーだった。

黎の両親は共にアルファで、アルファの中のアルファ様という奇跡の存在は、この広い世界でも十名しか存在しない。しかも今の世の中、アルファの何倍もオメガが多いので、その希少性は爆上がりだ。

そんなスペシャルなアルファである黎は、真冬を見つめてため息をついた。

「今時そんな嘘に引っかかるヤツなんていないだろ。よりによって壊れオメガだと？　そんな都市伝説が存在するわけない。さっさとモニターする商品を出せよ」

「ですから、私が商品です！」

真冬はそう言い返すと、スーツのポケットから身分証を取り出した。

「これが私の管理ナンバーです。発行してもらったばかりなので新しいですが、嘘ではありません」

ＩＤカードの表には顔写真と名前と住所、裏面には男女の性別と第二の性、登録された役所の管理ナンバーが記載されている。

一般的なオメガは「Ω」と記載されるが、真冬の第二の性は「Ω／Ｃ」。

「Ω／Ｃ」のＣはＣｒａｃｋのＣだ。中学の保健体育の授業でオメガ性の一つとして出てきたのを覚えている。教師でさえ「都市伝説的なオメガ性ですけどね」と言っていた。

それが今、目の前にいる。

「マジか。スーパーアルファの俺にも分からない性って……ヤバいな」

数年前に「リアル体験。ヒートのオメガを完全忠実再現ドール」なんてものも発売されて、ロングランヒットの真っ最中だ。

オメガ風俗に活気が出てきたというなら、こういうタイプの仕事が存在しても不思議じゃない。

「お前、じゃない。ええと……多岐さんは本当に壊れオメガ？」

「はい。何度も検査を重ねて証明されました」

『都市伝説と呼ばれる。今は本当に存在しているか分からない。テストには出さないけど、一応覚えておいてね』

男子中学生は性に興味津々のお年頃だ。

ネット端末で「その手の単語」を検索しては仲間内で騒ぐのが楽しくて、誰がどれだけ知識を持っているかが重要な時期でもあった。リアルセックスに多大なる夢を見ていた少年たちは、教師の語る都市伝説でさえ一言一句漏らすまいと真剣に聞き入った。

黎はそのときの話を、今、改めて思い出す。

優秀なアルファなので、忘れるわけがない。

いや……本当は「壊れオメガ」という言葉にどこか背徳なものを感じて忘れられなかったのだ。

壊れオメガは、オメガなのに体からフェロモンを発することがなく、またベータでさえ感知できるアルファのフェロモンを感知することができない。

壊れオメガにとって、ある意味世界はとてもフラットだ。

彼らはオメガ特有のヒートという発情期が存在しない。

ヒート時にアルファとのセックスで子を成すのがオメガという存在なのに、彼らはいつでも誰とでも子を成せた。

オメガが義務化されている、首に巻く貞操帯がない代わりに、誰の番にもなれない。

壊れオメガは、アルファでさえフェロモンを感知できず、よくベータと間違われた。

二つのオメガ性の違いは「ヒートがあるか否か」だけなのだ。

オメガは外見からして華奢で儚げな者が殆《ほとん》どで、首には必ず貞操帯をつけている「保護されるオメガ性」として認識されているが、壊れオメガはベータと変わらない体躯を持ち、ヒートがなくて男女関係なくアルファの子供を成せる。

アルファたちは「これで名門の出なら、ヒートを待たずにいつでも子を成せる完璧な借り腹じゃないか」と囁き合った。

しかし名門からは「オメガ」は発生しても「壊れオメガ」は決して発生しなかったので、ある意味「我らの遺伝子に傷など存在しない」と名門の名を守ったことになる。

アルファたちは、「まあこれも、遊びに相応しい、新たな性の可能性」と喜びの表情を見せたが、「ふざけるな」とベータが声を上げた。

ベータたちにとって、突如現れた壊れオメガは、自分たちに取って代わろうとする脅威として映った。

社会にとっては小さな歯車だが、借り腹がなければ繁栄困難なアルファとは違い、「生物としてもっとも当然の生き方をしていると密かに自負していた」ベータたちは、「ベータと変わらないオメガ」に酷い拒否反応を示したのだ。

「体格差もなく、ヒートもなくて、男女のどちらも子を成せるなんて、そんな生きものはオメガでもない。他のオメガまでベータと偽り始めたらどうする。壊れている連中は施設に収容しろ」と激しい抗議運動が起きてそれは何年も続いた。

一時は、差別的だから「壊れオメガ」の名称を変えようという意見もあったか、実際いい単語が見つからない間に「壊れオメガ」たちは忽然と姿を消した。

結果、改名運動はうやむやになり現在に至る。

アルファには、オメガが保護を求めてきたら一時的に保護するという義務があるが、壊れオメガはついぞ頼ってこなかったそうだ。

オメガは芸能界や自由業、風俗業に携わる者が多く、きっとオメガのどこかのコミュニティーの中でひっそりと生きてきたのだろう。

「運命の番」とともに「壊れオメガ」は都市伝説として数年置きに世間を賑わせていた。

そんな都市伝説を前にして、黎は「思ったより普通だな。感激のあまり心が震えるとかないし」と、本人を目の前にして感想を述べた。

「壊れオメガ」が都市伝説的存在だと知っていたので、目の前の青年が、何を期待して何にガッカリしたのかよく分かる。

何かしら衝撃的な出会いがあると思われていたのだろう。

ああ、うん、俺にも理解できる。

真冬は笑いそうになるのを堪えて、あからさまに残念な表情を見せる黎を見た。オメガ風俗のことは知っていたが、まさか自分が「出張です！　一夜の夢を与えます。楽しんでね～」というタイプの仕事に携わるとは思ってもいなかった。

なぜこの仕事をする気になったかというと……。

たった十五歳で「義務教育は終わったでしょう」と家を出されて、生きていくにはどうしたらいいか分からず途方に暮れていた真冬に、住まいを与えてくれた羽瀬川博士のために、何かできることはないかと考えた結果、こうなったのだ。

好きで「壊れオメガ」として生まれたわけではないのに、生きていくための最低限の保障は「Ω」までしかない。数少ない「Ω／C」に対しての行政の支援は、まだ整備されていないのだ。

親は二人ともベータだったのは覚えている。

ただ、子供の頃からちゃんと世話をしてもらった記憶がなかった。真冬の世話をしてくれたのは同居していた母方の祖母で、「仕方のないことだ。子供に罪はない」というのが口癖だった。

どれだけ金銭を積んだのか、真冬は義務教育中は「ベータ」で通った。弟妹に迷惑をかけないためだと両親は言った。

せめて普通のオメガなら。

それが両親の口癖だった。

「せめて普通のオメガなら、どこかのアルファ様に縁を結んでもらうこともできたのに。保護金だってあったのに」

そんなことを言われ続けたのに、よく道を誤らなかったと自分を褒めたい。

そもそも、逸れるような横道も用意されていなかったのだ。

成人するまで育てるのが親の義務だと思うんだけどな……と思いつつ、夜の街から街を彷徨った。保護なしのオメガを狩るベータの連中から逃げたり、保護を言い訳に酷い環境で稼がせようとするアルファから逃げて、雨露をしのげる場所を探し続けた。

オメガ風俗で働く優しいオメガが一夜の宿を借してくれたり、食べ物を分けてくれたこともあったが、真冬はいつも腹を空かせて、自分に酷いことをしようとする何者かから逃げ回っていた。

だからこそ、生まれて初めて腹いっぱいに食事をさせてくれて、住むところまで用意してくれた羽瀬川博士の役に立ちたかった。

事務所に保護されていたオメガたちは「ヒートのときに困らなそう」「お互いに気持ちよくなれていいよね」「オメガのアフターピルって凄く高かったから、支給してくれるの嬉しい」とオメガ風俗で働くことに前向きだった。自分はとんでもないところに来てしまったのかと落ち込んだ。

「抑制剤を飲んでいてもヒートのときは辛い。セックスでこの辛さが解消できてお金までもらえるなんて最高じゃないか」と、一人のオメガが目を輝かせて言ったとき、他のオメガも同時に頷いたのことで、彼らの開き直りは処世術の強さなのだと知った。「壊れオメガ」の自分にはヒートがない。だから彼らの辛さに共感できなかった。

真冬にはセックスの経験がない。保護されてからずっと事務所で暮らしていたので、そういう浮いた話もないまま、保護されたオメガたちと一緒にすくすく育って二十歳になった。お陰《かげ》で性風俗のテストがあったら百点を取れるほどの知識を得た。

事務所のオメガたちは常に「アルファ様をいかに喜ばせるか」「何度も通ってもらうためには」の研究に余念がない。

事務所の家事をするだけで五年も養ってもらっていた真冬も、さすがに厚意の上にあぐらをかくようで心苦しく「俺もアルファ様のところに行かねば」と思うようになった。

羽瀬川博士が事務所にやってきたときにそれを言ったら、彼は目を丸くして、何かを思案し小さく頷いた。そして彼は言ったのだ。

「まずはモニターなんてどうだい？　出張してみないか？　三ヶ月ほど」


「俺の、アルファとしてのフェロモンも全く感じないのか？」

じろじろと真冬を見つめながら、黎が訊ねる。

「感じません。無臭です。あ、爽やかなコロンの香りがします」

いや、そうじゃなく。

出張エロモニターか……。父さんはなんて会社を作ろうとしてるんだ？　好奇心の振り幅が大きすぎる。いや、こういう風俗はいいと思うけどな。実際オメガの風俗は、いろいろと楽しいらしいし。

そんなことを思いながら、目の前にいる「エロい現実」をまじまじと見つめた。

「俺に…………『ご奉仕』？」

「はい。なんでも申し付けてください。応えられるように、誠心誠意頑張ります」

真冬は真顔で言ったが、黎は世界の不幸をすべて背負ったような暗い表情で、ふらりと立ち上がる。

「出張エロは嫌いじゃない。むしろ、いいと思う。オメガとセックスしてみたいヤツは結構いるから。でも父さんなあ……息子の好みぐらい把握しておいてほしかった」

「黎……さん？」

「モニターだからチェンジできないんだよね。俺は女子ならぽっちゃり系、男子なら華奢なタイプが好きなんだ。あんたは結構しっかりした体だよね……」

黎は「はあ」とため息をつくが、真冬は「大丈夫！　なんとかなります」と両手の拳を握りしめて頑張りをアピールした。


「俺は二十歳だけど、あんたは？」と年を聞いたら、真冬は「私も二十歳です」と言った。

同い年の「壊れオメガ」のモニターとなったわけだ。

ここで上手くやっていくなら仰々しい作法や口調はいらない。

お前は真冬、俺は黎。互いの呼び方はそれでいいよな？　言っておくが敬称はなしだ。

黎はそう言って、真冬を家に上がらせた。

「明るいですね。綺麗な家だ……」

「……まあな」

「事務所の人工照明とは全く違いますね。私のような壊れオメガは、世の中が混乱するから、まだ一人で外出できないそうです。やんちゃな子もいて、脱走防止のために事務所には窓もありません」

「脱走？　おいおい」

「事務所が安全だと分かる前に逃げてしまうオメガもいる。警戒心が強いのはいいことなんですけどね……。それに、窓がなくてもモニターで環境映像が見られます。他にも娯楽は山ほどあるんです。でも一番みんなが熱心なのはセックスのテクニックの修得ですね。一旗揚げてやると気合が入っている子が多いです。まあ、私もその一人ですか」

真冬は自然の眩しさに目を細めながら、「あはは」と照れ笑いした。

「そうか、好みは外れるけどお前とのセックスは楽しめそうだ。期待してる。あと、一人称は俺でいいぞ？　言い慣れてないだろ？　私って」

「……実はそうです。気を使ってくれてありがとう」

日差しの中で微笑む真冬を見て、意外と「いいじゃん」と思う。この、白を基調とした、太陽光を上手く取り込むように設計された家に合っている爽やかな微笑みだ。

「父さん曰く、バウハウス様式をベースにしてデザインしてもらった……らしいが、俺は建築に興味がないからよく分からない。まあ、住みやすい家ってのは認めるが」

広々としたリビングダイニング。大きな窓の向こうには中庭があり、大小の木々がのびのびと育ちまくっている。

羽瀬川家の住人は緑が好きなのか、家の中にも、至る所にホンコンカポックやエレンダニカ、アレカヤシなどの観葉植物が所狭しと置かれていた。

真冬が持ってきたボストンバッグの中には、『最新版　オメガとセックスをするアルファ様の心得読本』と少しの着替えが入っている。

真冬はバッグの中から「どうかこれを読んでください」とマニュアルを黎に手渡した。

「え？　こんなものを読めと？　俺、オメガとセックスしたことがあるんだけどな。

まあいいや、そこのソファに座って」

「失礼します」

「敬語もなしでいい。同い年だろ？　それに俺は『ですます調』の人間は堅苦しくて嫌いだ。今まで俺の傍にいた腰巾着みたいな連中が、そんな口調だったんだよ」

黎は彼をソファに座らせ、自分はというとその向かいに腰を下ろし、分厚い心得読本をパラパラとめくる。

「……分かった。ええと、俺が壊れオメガであるということは、誰にも言わないでくれ。認可を受けたばかりの職なので、モニターも内々に済ますそうだ」

「そりゃそうだろ。アルファに壊れオメガをあてがうなんて……普通は想像しない」

「やっぱり普通のオメガがよかったか……。チェンジできるか電話で聞いてみる」

「待て、待って、ちょっと待てよ。チェンジするほどの不快感はないし、そもそもこういうモニターはチェンジ不可だろう？」

「試してくれるのか？　だったら精一杯ご奉仕するからっ！　俺のアルファ様！」

「まあ、うん。…………ご奉仕って言葉は嫌いじゃない。いいんじゃないか」

華奢な青年がタイプなのは大前提なのだが、目の前にいる青年の容姿は正直言って好みだ。そうなるとスーツの下の体にも興味が出てくる。

アルファの本能か性質なのか、好みであって合意に至れば男女に関係なく性交する。アルファ同士のセックスは絆を深める行為で、子供を成すときはマッチングアプリで家柄のよいオメガを選んだ。またアルファはベータともセックスはするが、大体は学生までのつかの間の関係となる。

一夜の欲望を晴らす場合は、どの性の男女も同じだ。歓楽街に繰り出す。

「よかった……。これから三ヶ月間、よろしく頼む」

ソファに座ったまま深々と頭を下げる真冬に、黎が「はいはい」と適当に答える。

報告書を書くのは好きなので、モニター終了まで滞りなく書けるだろう。気になるといったらセックスに関係することだが、恥ずかしいと思って誤魔化すよりも、事実を淡々と記した方がいいだろう。大学で作家デビューした友人が「自分の恥ずかしいものは、世間ではちょうどいいらしい」と言っていたのを思い出した。

「なあ、真冬」

「どうした？」

黎は真冬に詰め寄ると、好奇心丸出しの表情で両手の指をワキワキと動かした。

「さっそくだが、触ってもいいか？　華奢じゃないのは分かるんだが、どの程度の筋肉なのか確かめたい」

「なんだ。どうぞ、好きなだけ触ってくれ。俺は初めてだから、アルファ様が気に入る声を出せるか分からないが……」

「初めて……？」

「ああ」

「……ま、まあいいか。取りあえず触らせてもらう」

ジャケットを脱ぎワイシャツにネクタイの上半身になった真冬を見て、黎は「筋肉がつきすぎず、かといって華奢でもない。スジ筋かな？　いい締まり具合じゃないか。触ると柔らかい」という感想を持った。

ぴた。シャツ越しに指先で触れる。

「力を入れなければ柔らかいぞ？」

「ああそうか。自分の筋肉だと気にならないだけか。へえ、もう少し触ってもいい？」

「ど、どうぞ。モニターをするためにいろいろチェックしなくちゃだめだもんな！　俺は大丈夫だから……でも、セックスするときはすると言ってくれ。いきなり無言でされるとちょっと怖い」

「大丈夫大丈夫。いきなりセックスはしない。ただ、好奇心で触れてる」

黎は今、「壊れオメガ」という倒錯的な都市伝説を前に、少しばかり興奮している。

「本当に発情しないのか……？　ヒートがあれば、オメガはセックスで気持ちよくなれるし、いろいろと楽なのに」

「ヒートがなくても、その、どうにかなるんだ。詳しくはアルファ様の心得読本を読んでくれ」

「そうする。でも、発情しないから濡れないよな？」

黎は真冬の体をするすると撫で、柔らかな胸元から首筋に指を移動させる。

「いや、実は……」

「ん？　まさか濡れるの？」

「そ、そう。尻は、その、ちゃんと濡れるから……大丈夫」

「快感で濡れるのか？　ヒートじゃなくて？　普通のオメガはヒートじゃないと濡れないのに、いいな、その体」

「黎が子供を欲しいというなら別だが、そうでない場合は中出しに気をつけてくれ。壊れオメガはヒートがないから、いつでも妊娠する」

「あー……そうか。俺は二十歳で子持ちになるつもりはないから、セックスのときは気をつけるよ」

両親は十代で結婚したが、黎はまだ何も考えていない。

最近は、パートナーになりたい相手もいないからしばらく一人でいい。一人でふらふらしてる方が楽しいと思うようになった。

「壊れオメガにオメガ用のアフターピルがどこまで効くか分からないが、……でも、もし子供ができたら俺が大事に育てるから安心してくれ」

「え？　ここでそんなこと言っちゃうのか？　やめろよ、重い。俺は完璧に避妊するから、真冬は安心してオメガ風俗でトップになれ」

子供の話をいきなり出されて、萎えるところだった。

「……えっと、尻に指を入れたことは？」

「それはない。そこに最初に触れるのはアルファ様だけだと、同僚のオメガに言われたし、学習ビデオでもそれを推奨していた」

「マジか。エロいな……」

グッときた。心の底からグッときた。復活だ。

黎はごくりと喉を鳴らし、再び指を真冬の胸に移動させて、今度は手のひらで包み込むように優しく揉んだ。

「は……っ」

真冬の呼吸に合わせて両手で胸を揉むと、乳首が刺激されたのか手のひらに引っかかりがあった。

「待って、くれ……」

「ん？　気持ちよくなってきたんじゃないのか？」

「こんなムズムズした感覚が気持ちいいのか？　いたたまれない感が凄いんだが。尻で奉仕するから、さっさと突っ込んでくれ」

「おかしくない。一応オメガではあるんだから、快感に身を任せろよ。その方が俺も楽しいしさ。あと、身も蓋もないことは言わないで」

黎は笑顔で真冬の胸を強く揉み出す。

手のひらに触れる弾力が気持ちいい。

「いきなりはちょっと困る。まずは黎がアルファ様の心得読本を読んでから……っ！」

「あ、硬くなった。力を入れすぎだ。緊張してる？」

これ以上は楽しめないと察した黎は、潔く真冬の胸から両手を離した。

そして今度は彼の体を抱き締める。

「うん。抱き締め甲斐のある体だ。力任せに抱き締めても大丈夫だな。俺が見たことがあるオメガは、みんな華奢で可愛い感じだったんだけど……こういう、しっかりしたタイプの方がセックスのときはいいかも」

「あまりに貧相な体だったから、事務所で家事をする傍らで頑張って鍛えたんだ。思ったほど筋肉がつかなかったが……喜んでもらえて嬉しい」

「むしろその体形がベストだから。それ以上筋肉は増やさなくていい。……最初のスキンシップは大事だからさ、もっと触らせてくれよ」

黎は真冬を抱き締めながら、ワイシャツ越しに彼の体を撫で回す。

背中を逆撫でられるたび、真冬はびくんと体を震わせて唇を噛みしめた。

「はい、声。なんで堪えるんだよ」

「ごめん。せっかく奉仕しようと意気込んでいたのに、こんな体たらくで……っ」

「普通のオメガなら、そんなこと考えずに気持ちよくなれるのにな。重く考えなくていいんじゃないか？」

黎は、もじもじと抵抗をする真冬をゆっくり押し倒し、好奇心に満ちた表情で彼のワイシャツのボタンを外す。

「あー……ほんと、綺麗な体だ」

真冬を蔑むことはなく、引き締まった筋肉で覆われた彼の体を見下ろした。

首には革で作られた貞操帯をはめている。

色白の体なので、小さなバックルに通して使用する貞操帯が嫌でも目立った。これはもっとポピュラーなタイプで、番になると、セックスのたびに首を噛まれることもあるので、シルクのベルトやレースで作られた貞操帯をアクセサリーとしてつける。

「エロい首輪」

「あの、それは、首輪ではなく貞操帯。別にしなくてもいいんだが、した方がアルファ様が喜ぶと聞いたので、演出的な感じで」

「知ってる。うんうん。喜ぶわ、これ。エロくていい」

きょとんとした顔で自分を見上げている真冬に、黎は軽く笑ってみせた。そして、彼の体に触れる。

滑らかで温かな体は、黎が指先に力を入れると、硬い弾力でもって押し返す。

「力入れたままかよ。柔らかさを直に楽しむのは後か」

黎は、くっきりと浮き出た鎖骨を指でなぞった後、すでに硬く勃起している乳首に優しく触れた。

「う」

真冬の両手が黎の肩を掴んだが、拒むかどうか思案に暮れているのが、彼の八の字になった眉で分かった。

「どうした？　拒みたいのか拒まないのか、ハッキリしろよ。チェンジしたりしないから」

「何度も言うのは恥ずかしいんだが、俺は初めてだから、どこで何をすればいいのか分からないんだ。知識だけじゃだめなんだな……」

泣きそうな顔で言う真冬に、黎は唖然とした表情で言った。

「初めてなら誰だってビビるだろ。ご奉仕するなんて言わなくていいんだよ」

「でも俺はこの仕事で生きていくと決めたんだ。初めてのアルファ様が黎でよかったと思う。俺をチェンジせずに触ってくれるし……。よし、いいぞ、来い……っ！」

プレイボールのかけ声とサイレンが鳴り響きそうな勢いだ。

黎は「はは」と笑って、「変なヤツだけど面白い」としみじみ思った。

「俺のものか……」

「そうだ。俺の体はアルファ様のものだ。処女の壊れオメガをしっかりモニターしてくれ。リピートはきかないものだから」

「まあ、うん。大丈夫だと思うよ、俺は。アルファ様だし、上手いし」

「俺も努力する。アルファ様のお気に召すように頑張るよ……」

初めてだという真冬が、快感に戸惑って体を震わせる姿に興奮する。

筋肉が綺麗についた色白の体と、黒い貞操帯、赤く膨らんだ乳首のコントラストがたまらない。そういえば黎は、大学のレポートに忙しくてしばらくセックスはご無沙汰だった。

「うん、頑張って。俺も壊れオメガは初めてだから、いろいろ試したい」

「アルファ様がオメガに手ほどきをする……ってことか？　俺がされちゃうのか？」

「セックスの知識だけで実体験がないんだから、俺がまず教えるでいいだろ」

普通のオメガなら、ヒートが来ればアルファが何もしなくてもねだってくるから、その熱に同調してセックスすればいい。

だが相手はヒートのないオメガだ。

「一度でいいからアルファと体験したい」と言う可愛いベータや、スポーツ感覚で誘ってくるアルファとは違うのだ。

「やっぱり、アルファ様の心得読本とやらを読んでおくか。ＮＧがあったら怖いし」

クールダウンと言えば聞こえはいいが、ようは気持ちが萎えた。

相手は都市伝説的イレギュラーだ。

黎はコーヒーテーブルの上に置かれた分厚い本を見下ろして「データで寄越してくれればいいものを」と呟いた。

結局黎はそれ以上のことはせず、真冬を解放した。

「俺はこの本をざっと読んでしまうから、家の見学でもしててくれ」

「そうだな。俺がこれから三ヶ月も住むところだ」

真冬は身支度をして立ち上がると、ジャングルのように家の中を埋め尽くしている植物を見て回る。

「この仕事が軌道に乗れば、一人暮らしをしてこんなふうに観葉植物を育てることもきっとできる。楽しみだな……。緑が多いと気持ちいい」

気持ちよさそうに深呼吸をする真冬の姿を視界の隅に捉えたまま、黎はアルファの心得とやらを読み進める。

「普段のセックスとあまり変わらないじゃん」

黎は真冬が近くにいるのも忘れ、困惑した声を上げた。

・オメガとセックスするアルファ様は、オメガのフェロモンに酔うことがありますが、すぐに体が順応しますので、焦らず深呼吸をしてください。壊れオメガに関しては問題ありません。彼らにフェロモンはありません。
・体が順応しましたら、心の赴くままオメガとの日々をお過ごしください。
・どんな行為も問題ありません。オメガはアルファ様の精を受け止めることを至上の喜びとしております。
・お世継ぎ問題を気にされるアルファ様は、オメガにアフターピルを必ずお渡しください。
・一つだけ注意事項があります。
「絶対に首の貞操帯を取ってはいけません」

オメガの首には、首輪状の貞操帯がはめてあります。貞操帯の上から首を噛むことは問題ありませんが、決して外してはいけません。
※複数の番が欲しいアルファ様は別です。
※首を噛むプレイをなさりたいお客様は、壊れオメガを相手にするといいでしょう。
彼らは首を噛まれても番にはなりません。
・壊れオメガに関しては、何をしても問題ありません。ただし、お世継ぎ問題を気にされる方はコンドームか、オメガ同様、アフターピルをお使いください。
・また、壊れオメガが生まれる確率はアルファ様の妊娠出産よりも低確率です。お客様の好奇心を満たすことはできません。
・一夜の夢をお楽しみください。
　ここまで読んで本を閉じた。

「全部読まないのか？」

　廊下からこちらを見ていた真冬がこっそりと突っ込む。

「だってオメガとのセックスは知ってるし、これは紙の本だし。それに文字よりセックスの体位の絵が多いじゃないか。好事家のコレクターか」

「オメガを出張させてプレイを楽しむお客様は、紙の本を所望する方が多いという。ナンバーも振ってあって一人一冊だ。実は豪華装丁版もある」

「俺は読むならデータで欲しい」

「そうそう。データといえば、モニターレポートの提出も忘れずに」

「お前は学校の先生かよ。ちゃんと書きます」

「俺も博士にメールを出すんだ。感想メールでいいって」

「そっか。……俺の匂いは？　近づいて嗅げば分かるんじゃないかな？　アルファのフェロモンの匂い」

　黎はコーヒーテーブルの上からテレビのリモコンを取ると、テレビをつけ、真冬を

「こっちに来て座れよ」と呼んだ。テレビの音は意外とＢＧＭにいい。特に、会話がなくなったときは、番組でコメンテーターたちが勝手に喋ってくれるので気まずくならない。

「そうかな……」

律儀に隣に腰を下ろした真冬が「失礼します」と言って首元に顔を寄せた。

「だから、コロンの爽やかな匂いがする」

「いや、そうじゃなく」

「俺はアルファのフェロモンは分からない。でも、黎がオメガにフェロモンコントロールをしたら、みんなよすぎて言いなりになるか気絶するんじゃないか？」

「まあな。俺はスーパーアルファ様だし」

「ははは」

「笑ってる場合か。お前、一人で外に出るなよ？　外出は俺と二人だ。いいな？　何かあったら大変だからな。真冬はアルファの匂いが分からないんだから、ベータにアルファだだと偽られても気づけないだろ？」

「その場合……相手は俺がベータだと思って近づいてくるってことか？」

「そう。ナンパ目的でアルファを偽る連中は割といるんだよ。でもアルファと並んだら一目瞭然だ。アルファのオーラとフェロモンは、ベータにも効くからすぐに嘘だとばれる」

「怖いな……。俺だと、セックスのときに『お前、オメガかよ』と発覚するパターンだろうか」

「そうだね。オメガはヒート以外では尻が濡れないから。……ベータじゃなくてオメガじゃん。ラッキー、準備が楽でいいやってことになる。これ以上聞きたい？」

黎の問いかけに真冬は真顔で首を左右に振った。

「……嘘をつかれて酷い目に遭うなんて、夢に見そうだ」

「だよな」

黎は一旦席を立ってキッチンに向かった。そして、熱いコーヒーを入れてリビングに戻ってくる。

「飲み物ぐらい最初に出せばよかったな。コーヒーでいいか？」

彼はコーヒーマグを真冬に渡し、自分は立ったまま熱いコーヒーを一口すすった。

「ありがとう」

「他の飲み物は冷蔵庫の中に入ってる。あと、キッチンにあるものは好きに使っていい」

黎は、ふと目に入った真冬の頭を撫でながら言う。

見た目は硬そうな髪だが、触ってみると柔らかくて気持ちがいい。

「黎？」

「壊れオメガっていっても……人間なんだよな」

「そうだ。博士は『壊れオメガ』ではなくもっと別の呼び名にしたいといろいろ考えているようだが……」

黎も、その方がいいと思った。

しかし都市伝説の特集では、未だに「壊れオメガ」だ。

「……仕方ないから、残りのページも読んでやるか」

黎は、コーヒーテーブルの上に置いてある分厚い『アルファ様の心得読本』に視線を移した。


よほど真剣に読んでいたらしい。

黎は、真冬に「電話が鳴っている」と言われるまで、呼び出し音に気がつかなかった。

キッチンカウンターの上に置いて充電ケーブルを繋いでいたスマートフォンを掴んだ。

「はい」

『黎君、元気かい？　パパだよ』

耳元で唇を押し当てる音を聞かされた黎は、低く掠れた声で「切るぞ、クソオヤジ」と言った。

『それだとパパ、困っちゃう』

「一体なんの用だよ？　着替えなら、おととい宅配便で送ったろ？」

『パパの大事な従業員が、無事家に着いたかどうか確認したかったんだよ。黎君ってば、もうすぐ十二時になるってのに、ちっとも電話をくれないから。他のモニターのアルファ君たちはちゃんと電話くれたのに……』

「受け取ったがな……ふざけるなよ、クソオヤジ」

『ふざけてないよ。本気だよ』

「息子に風俗の体験をさせるってどういうこと？　エロは嫌いじゃないが、父親のとんでもない事業拡大に動揺する。オメガたちを保護して風俗をさせるってどういうつもりだよ」

テレビを見ている真冬に聞こえないように、声を低くして廊下に移動する。

『無理強いはしてないし、単なる風俗でもない。安心しなさい』

「いや、だから理由……」

『それは後でだ。こっちにもいろいろ思惑があるんだよ。それに黎君を喜ばせたかったんだ。他の名門オメガのように子孫を残せなんて言わないから、触れ合ってみて。それに、真冬君が『ぜひ俺にさせてください。博士のご子息に会えるのが楽しみです！』と喜んでくれたから、黎君のところに行ってもらったんだよ？』

父のセリフに、黎は「ぐっ」と言葉に詰まった。

「来ちゃったもんは仕方ない。ちゃんと面倒を見る」

『ありがたい。他のモニターも似たようなことを言ったよ』

「へー……って、他にも真冬と同じ壊れオメガがいるのか？　あれ、都市伝説だろ。どうやって集めたんだ？」

もしや、社交界で活躍しつつ父のために情報収集している母が手助けをしたのだろうか。ありうる。

それ以上は突っ込みを入れずに父の話を聞いた。

『……君、マニュアルをちゃんと読んでないでしょう？　保護した壊れオメガは三人だ』

「あ、ああ、そう。三人も見つけたのか。凄いな、都市伝説が三人……」

『ママがいろいろ教えてくれたから助かった。そうかそうか。壊れオメガが心配か。つまり君は真冬を気に入ったんだね？』

やはり母が関わっていたかと、黎は母の情報量の凄さに感心する。

「何その意味不明の論法は。いろいろ大変そうだから、期間まできっちりモニターしてやるよ。あと、オメガ風俗で働くなら、まあ、それなりのことも教えてやらないと後が大変だろ？」

『黎君、君、あのね……』

「俺は長電話が嫌いなの知ってるよなー？　何かあったらメールで知らせるから。じゃあ、また」

黎は父が続きを言う前に、素早く電話を切った。

「昼すぎなのか……腹減った」

リビングに戻りながら独りごちたら、聞いていた真冬が「俺が作ろうか？」と言った。

「これが冷蔵庫。水はここに入ってる。こっちはコンロ。ＩＨじゃなくガスで危ないから使い方に気をつけて。洗い物をするときは、シンクか食器洗浄機を使う」

大雑把にキッチンを説明した後、真冬が手際よく動いた。

レストランやデリバリーのような「本格的」ではないが、冷蔵庫の中にあった豚の細切れ肉やニンジン、キャベツなどを使って肉野菜炒めを作ってくれた。

「調味料が揃っていてよかった」

「俺も適当に料理作ったりするし。オイスターソースは焼きそばにかけても旨い」

残っていた味噌とタマネギ、落とし玉子で作った味噌汁は、初めて見るものだ。

冷凍庫に入れておいた米をレンジで解凍して、それを二人の茶碗に入れる。

千切りキュウリと大根を甘酢で漬けたものも味が気になった。

ダイニングテーブルに並べた料理を見ていたら口の中に唾液がたまった。

真冬が「アルファ様、召し上がれ」と、言ってくれたので、先にありがたくちょうだいする。タマネギと半熟玉子の味噌汁はこくがあって旨かったし、肉野菜炒めは野菜が絶妙のシャキシャキ感で思わず無言で口に掻き込んだ。

箸休めのキュウリと大根の酢漬けはピクルスよりも優しい味で、少しなますに似ていた。

「ヤバい……こんなに旨くてどうする……」

「よかったら、食事は俺が作るよ？　黎は大学があるだろう？」

「それはそうだが……単位は問題ない。課題も出してる。だからたまに行くくらいだ。そうだ、冷蔵庫の中を埋めないと困るな。今度一緒にスーパーに行こう」

「行く。食材は宅配で送ってもらうことが殆どだったから、自分でいろいろ選んで買ってみたい」

真冬が目を輝かせる。

料理に集中してしまったが、彼は箸の使い方と食べ方が美しい。すっと背筋を伸ばして、箸で野菜炒めを口に運んでも口の周りにソースがつかないのがいい。不思議な箸の持ち方もしていないし、ずっと見ていたい動作だと思う。

「黎？　もしかして俺の顔のどこかにご飯粒がついているか？」

「違う。俺が勝手に見てただけ」

「照れる。アルファ様はずいぶん面白いことをするんだな」

いやいや。

黎は真顔で首を左右に振って、「照れる真冬が可愛い」と言い返す。

途端に真冬は、「アルファ様に可愛いと言われた……！」と顔を真っ赤にして箸を持つ手まで震えさせた。

「ははは。洗い物は俺がするから、のんびりしていればいい」

「そういうわけには……」

「同居人なんだから、家事は手分けしよう」

「俺は仕事で来たのに？」

「けど、一緒に暮らすってことには変わりないだろ」

黎はにっこり笑い、「ごちそうさま」と言って空の食器を持ち、席を立った。

父は研究職、母は社交界の花形として世界の名門と交流するのが仕事で、一人息子の黎は自分のことは自分でやる。

おととしまでは「ばあや」という名の凄腕ハウスキーパーがすべてをやってくれたが、寄る年波には勝てずに引退した。

それからは、両親がたまに帰ってくるだけで、この家の維持は黎がしている。

洗い物だけではなく掃除も洗濯も機械がしてくれるから楽なものだ。

「そうだ、歯ブラシはある？　新しい歯ブラシとコップは、風呂場横の納戸に入ってるから、好きな色を使えばいい」

「世話好きのアルファ様で嬉しい。ありがとう気を使ってくれて」

「三ヶ月も一緒に暮らすんだから、それくらい当然だろ。服も買いに行きたいな。真冬用にエロいエプロンとか」

真冬が「ごちそうさまでした」と箸を置いてから「コスプレセックスを嫌いなアルファ様はあまりいないという話を聞いた」と言った。その通りだ。でも多分ベータもコスプレエッチは好きだと思う。

「うん、そんな感じ。エロ単語に慣れるのも、楽にセックスできる秘訣かもよ？　気持ちいいことだけしたいよね？　痛いことは俺もしたくないし」

「言葉責めを覚えろと。そういえばオメガの同僚が難しい漢字を読み書きしていたな。あんな感じか。ボキャブラリーが少ないと困るな……」

少しズレたことを悩んでいるようだが、ヒートで我を忘れるのは、オメガのための免罪符だと黎は思う。ヒートだから仕方がないですべてが許されるのだ。

だが真冬にはそれがないから、まず気持ちを性交と奉仕に持っていかなくてはならない。

「面倒なことこの上ないが、面白くなりそうだ」

黎の独り言は湯沸かし器のシャワー音でかき消された。


「そろそろ奉仕の準備をしたいので、風呂に入りたいんだが」

食事の済んだ昼下がり。

ダラダラと午後のワイドショーを見ていた黎に、真冬が言った。

トイレに行くときもそうだったが、真冬は何か行動を起こすとき、いちいち黎の了解を得ようとする。

「いちいち俺に確認取らなくていいぞ。風呂の場所は分かるな？　バスタオルは脱衣所の棚にある」

「準備ができたら、さっそく奉仕活動をしたい。いや、セックスか。セックスは大事だな！　黎がレポートを書けなくなってしまう」

「別にこんな昼間から準備しなくても……」

「なんか、いろいろなことがやれるような気がしてきたんだ。頼む、アルファ様。俺のやる気を無駄にしないでくれ」

真剣な顔で言う真冬に、黎は緩みそうになる頬を叩いて引き締めた。

「真冬にアルファ様って呼ばれると、照れくさいな」

散々崇められてきたアルファの黎だが、真冬に「アルファ様」といわれるとなぜか優越感を刺激された。

「黎がいいなら黎と呼ぶ」

「そうだな。いやいや、好きなときにアルファ様と呼んでくれ。よし、気が変わった。風呂場に案内してやる。こっちに来い」

黎は軽く手招きをして、真冬を連れて廊下に出た。

浴室は中庭に面した南側にある。

ガラス張りの天井と壁。床は乳白色のタイル。ところどころに棚が作られ、その上には湿気に強い観葉植物が飾られている。

ここはまるでガラス張りの温室だ。

普通なら何もかも丸見え状態だが、高い柵と大小の木々に包まれている上に、はめ込まれているのは磨《す》りガラスだった。

黎は、換気のために開け放っていた窓を閉めると、バスタブに湯を張った。

「まるでジャングルの温室だ……。凄いな。ジャングルで風呂か」

真冬は着替えの入ったボストンバッグを床に置くと、嬉しそうに目を細め、広々とした脱衣所と浴室を見渡す。

「他の場所は大したことないと思うけど、俺はここは好きだ。ただし、世話が大変なんだ。季節によって置く植物も変えるし、庭木や花も植え替える。木が成長しすぎると、日光が遮られて下に生えている草花が上手く育たないんだ」

「なるほど。これから三ヶ月は俺も手伝う」

「そりゃありがたい」

「いつか一人暮らしができるようになったら……俺も風呂場をこんなふうにしてみたい」

真冬の目がキラキラと輝いて、太陽に反射する天井のガラスにも「凄い」と喜ぶ。

「できるといいな」

「いずれは高給取りになりたいんだ。だからその第一歩であるモニターも頑張ろうと思う。さて、黎」

「ん？」

「俺と一緒に風呂に入ってくれるか？　体を洗わせてほしい」

「あー……、俺は今そういう気分じゃない。オヤジから送られてきたいろんな論文をダラダラ読みながら、晩飯までゆっくりしたいというか……」

これは黎の単なる気まぐれだか、真冬は顔を真っ赤にして俯いた。

「俺は、アルファ様に尽くす仕事で頂点を極めようと思っているのに、初っぱなからミスの連続だ。恥ずかしい。人の気持ちが分からないなんて……っ！」

「まあ、ドンマイ」

「相手をその気にさせるのも俺の役目なのに……！」

「そうだね。じゃあそこまで言うなら……ちょっと試してみる？」

「セックスか？　よし！」

「違う。奉仕を試してみてよ。俺のペニスを銜えて」

バスタブに湯が注がれる音が響く浴室で、真冬が「難易度はどの程度？」と呻いた。

「難しくないと思うけど。まあ、取りあえず風呂に入って落ち着こうか」

もうこれしかない。

黎は、いつものルーティンを無視して昼間から風呂ってのもありかと思いながら服を脱いだ。

隣で真冬も服を脱ぐ。恥ずかしがるそぶりは少しもなく、むしろ堂々と脱いでいる。

その瞬間、脱衣所は、色気のかけらも存在しない運動部の部室のような雰囲気になった。

「あ。やっぱり脱毛処理はしてるのか。脇毛がなかったからもしかしてと思った」

「ああ。あるのは髪と眉とまつげだけだな。脇と股間は最初に処理した。これがなかなか大変で、世の中の女性の気持ちが分かった気がした。一回で全部脱毛できないんだよ」

「まあ、そうだろうな。でも、体毛があった方がいいというアルファがいたら？」

「……もしや黎は、生えていた方がよかったか？　でも、これは仕事の衛生上避けては通れない道」

「いや。俺はどっちでもいい。エロければなおさらだ。うん。成人男性の股間に陰毛がないとエロいな。体は大人なのに生えてないんだぞ？」

じっと真冬の股間を見つめていたら、彼が両手で隠した。

「今更だろ。むしろ、『俺の体を品定めしてください、アルファ様』ぐらい言わないと。それでグッとくるアルファは多いぞ」

「知らなかった。覚える」

真冬は真顔で感心し、股間にあてがっていた手を外して、黎に「この体でも大丈夫かな？　俺はアルファ様を喜ばせられる？」と訊ねる。

改めて真冬の体を見る。

均整のとれた成人の体だ。普通のオメガのような華奢さはなく、陰茎はベータと変わりない大きさなのに、そこに繁る陰毛がない。それだけで、見てはいけないものを見ているような気がして、股間に熱がこもる。

「結構ヤバいな。俺のペニスはあまりにもセックスに素直だろ」

見せ合いに全く躊躇いのない黎は、腰に手を当てて勃起した陰茎を見せた。

ご立派なアルファ様だ。

「華奢な男子じゃなくても抱けるな、うん。俺をその気にさせたんだ。偉いぞ」

「それは嬉しい。ではそれを扱けばいいんだな？」

「口に銜えてほしいけど、まずは舐めるところから始めてくれ」

「舐めるのか？　よし」

真冬が黎の前に跪くと同時に、バスタブに湯がたまったと小さなアラームが鳴った。

「開始の合図だな」

黎は笑ってバスタブの縁に腰を下ろす。

「興奮した性器はアルファのフェロモンが一番濃く出る。何も匂わない？　セックスしたくてたまらないって気持ちにならない？」

「いや、その……、普通に、男の匂いしか」

「あー……精液の匂いな」

「言い方がストレートすぎる」

「当たり前の反応に照れたりしないし。感じたら勃起するのは当然だろ？」

自分の陰茎を両手で持ったまましょんぼりしている真冬に、黎は「指導だぞ」と言って頭を撫でた。

「初めてが黎でよかった」

真冬がそう言って、犬のように舌を出して黎の陰茎を舐め始める。

本人は必死で舐めているのだろうが、くすぐったいだけだ。それよりも黎は、真冬の陰茎が勃起し始めていることに気づいた。

「真冬、脚、ちょっと広げて」

「ん……っ」

最初は必死だったのに今はもう夢中になって舐めているのは、きっと黎の精液が口腔から体内に入ったからだろう。どうにかアルファ様のフェロモンを感じ取れたということだ。

目尻を赤く染めて、口いっぱいに陰茎をほおばっている真冬を見ながら、彼の陰茎を右足で軽く突いた。

「ん、んっ！」

「口から離さないで。ちゃんと喉の奥まで入れて」

後頭部を押さえて逃げられないようにして、真冬の陰茎を足指で突いたり足の裏で優しく押しつぶしてやると、先走りを滴らせたのが分かる。

「気持ちいいよな？　アルファ様のペニスを銜えて、アルファ様の足でペニスをいじめてもらってるんだ」

「ん、ふっ、んん……っ、んっ、んっんんっ」

真冬が自分の右手で陰茎を扱こうとしたので「それはだめ」と命令したら、健気《けなげ》に耐える姿がいい。目尻に涙が浮かぶほど苦しいのに、我慢して陰茎を銜えている姿は、久しぶりの行為ということもあって背筋がゾクゾクした。

「俺の精液を飲んだら、もっと慣れるかも。アルファのフェロモンのもとだからな」

少し上ずった声を上げ、黎は真冬の頭を掴んで腰を激しく動かした。真冬が苦しげな声を上げて耐えているのが興奮する。

「そろそろ出るぞ。全部飲めよ？　俺はお前のアルファ様なんだから、全部を受け入れろ」

何度か力任せに腰を打ち付けて、そのまま真冬の喉の奥に射精する。久しぶりの射精はなかなか止まらず、真冬の口の端からも黎の精液が溢れた。

真冬は涙目でそれを飲み干した後に、「体が……熱い」と涙目で訴える。

「全部飲んだか。いい子だな真冬は。それで俺と同い年かよ。健気で可愛い。俺は可愛いのが結構好きだ」

「苦しかった……っ、でも、黎に褒めてもらいたかったから。俺は壊れオメガだが、やればできるオメガだ」

「そうだな。フェラはまだヘタクソだったからちゃんと覚えよう。これ大事だからな？」

「分かった。……ああ、腹の奥が熱くておかしい。息が上がるし、落ち着かない」

「俺の精液は即効性のフェロモンか。凄い勃起だな」

黎の前で膝立ちしたまま真冬の陰茎は硬く勃起し、早くも先走りを滴らせている。

「あ、あ……っ、こんな、恥ずかしい」

「恥ずかしくない。俺にオナニーを見せて。もっと脚を広げてさ、先走りをいっぱい垂らしながらオナニーして。勝手に射精しちゃだめだぞ？」

「黎……」

「見てもらうときに、なんて言ったらいいと思う？　自分が一番恥ずかしいと思うセリフを考えてみて」

綺麗な桃色の亀頭は先走りで濡れそぼり、陰茎は時折ヒクヒクと動いて、黎に見られて興奮しているのだと教えてくれる。

真冬は羞恥で何も言えずに唇を震わせているのに、彼の体の方が先にオメガとして開花しそうだ。

「気持ちよくなってきたよね？　真冬。俺の精液は美味しかっただろう？　極上のアルファの精液だ。それが今、真冬の腹に入って、中から真冬を犯してる。こんな快感は初めてだろう？　内臓が疼くんだ。じんじんと熱くなって、もどかしくて」

その通りだと言わんばかりに、真冬は「あ、あ」と切ない声を上げて前のめりになる。バスタブの縁を両手で掴んで体を支え、腰を突き出してゆらゆらと揺らす。

「黎。黎……俺のアルファ様……俺が、自分のペニスを扱くところを、見て。恥ずかしいとろとろを、いっぱい、出すから……見てくれ……」

「ん。なかなかグッとくる。ほら、俺の前に立って、足を広げて扱いて」

「分かった」

真冬は言われた通りに黎の前に立ち上がり、彼に見つめられたまま右手で陰茎を扱いた。先走りが潤滑油のようにくちゅくちゅといやらしい音を立てる。

「気持ちいいね？」

「ん。気持ちがいい。いい、凄く……っあ、あぁ、気持ちいい……っ」

「尻がちゃんと濡れているか確かめるから、真冬はやめないでちゃんと扱いてて」

黎は両手で真冬の尻を優しく揉みほぐしながら後孔に触れた。

「すっごい濡れてる。とろとろなんてもんじゃない。普通のオメガより濡れてる感じがする。なあ真冬、俺の指を入れていい？」

「うん。黎の好きにしてほしい。あ、ぁ、あっ、あっ、入れて、指を入れてくれ。黎の指を中に入れてっ、んっんんっ」

射精したいのを我慢しながら陰茎を扱く姿が扇情的で、アルファの欲望に火をつける。

ベータとのセックスもそれなりに楽しいが、「アルファに従うのが嬉しくてたまらない」という意思は全く感じられなかった。

「本能的な服従の意思」はオメガだけが伝える無意識の意思であり、アルファしか受け止められない。

やっぱり真冬はベータではなくオメガなんだと黎は確信した。

「あ、黎の指、が、俺の中に、入ってくる……っ、初めてだから、俺、初めてだから」

とろとろに濡れた、陰茎を難なく受け入れるオメガの性器に指を一本差し込むと、真冬が切なげな声を上げた。

初めてだからと恥ずかしそうにしている割に、挿入した指を動かしたら腰をよじって甘い声を上げた。

「そんな、いっぱい動かしたらっ、俺、あっ、んんっ、黎、指っ、指が中で増えてるっ、だめ、そんな、初めてなのに尻でイッてしまうっ、気持ちよくて、あっ、あああっ」

真冬は陰茎を扱くのを忘れ、黎の首筋に顔を押し付けて善がり泣く。

まだ指しか挿入していないのに、奥へと誘い込むようにうごめき締め上げる肉壁は最高の性器だ。黎はごくりと唾を飲み込んで、右手の三本の指で真冬の肉壁を突き上げる。

尻を叩くような破裂音と、とろとろの愛液が絡み付く粘った音がバスルームに響いた。

「中、あっつい……。最高じゃん。ちゃんとオメガだよ、真冬。初めてなのに、尻でイッちゃう淫乱になろう？」

真冬の耳元に囁いてやると、「そんなのだめ」と泣きながら首を左右に振る。

「真冬の大事なアルファ様の指だよ？　これで中の感じるところをいっぱい突いてあげるから、ペニスはもう弄るな。俺の指でイッて」

「んっ、ん。黎の、俺のアルファ様……っ、指、気持ちいいっ」

黎が指で突き上げるタイミングに合わせて真冬が腰を揺らす。目の前に一瞬黒いものが映ったが、それが真冬の貞操帯だと分かった瞬間、黎はその上から真冬の首を噛んだ。

「ああっ！　あっ、あっ、だめ、だめだめだめっ！　出る、出るからっ！　黎、黎っ！　射精する、射精しちゃうから俺……っ！」

喘ぎ声が響く中、黎にしがみ付いて真冬が射精した。

黎の胸に精液が飛び散ったが、バスルームなので気にしない。むしろエロい。

「首、噛むなんて……」

「俺も興奮したからね。まあ、本気で噛んでないというか、貞操帯の上からだから気にしなくていいよ。それよりさ、素股したい」

「挿入は？　俺の処女の立場はどうなる……っ、早く、入れててしくて、下腹が切ないんだ……っ、黎に、俺の処女をもらっててしい。俺をしっかりモニターして……」

耳元で喋られると気持ちがいい。真冬がどれだけ切羽詰まっているのかがよく分かる。今の彼は、ほんの少し撫でただけでもすぐに達してしまうだろう。

こんな風に。

黎が真冬の耳朶にそっと触れただけで、彼はガクガクと膝を揺らしてその場に蹲った。

「俺の体、おかしい。こんな苦しい快感なんて知らなかった。早く、治して。俺の腹の中を乱暴に掻き回して、何度も、気絶するまで、責めてほしい……っ、何をしてもいいから」

「いきなりそれはだめだ。挿入は最後。今は、俺の指を味わって」

「意地が悪い」

「真冬の反応が凄くいいから。ほら、腰をこっちに向けて、高く上げて」

快感を堪えている真冬の、その両手にバスタブの縁を掴ませる。

「俺の中に入ってくれ。お願い、中が切ない……」

「だめだ。いろんな感じ方を覚えて。モニターが終わったら、いろんなアルファ様とプレイをするんだろう？　相手を楽しませることも覚えないと」

「そんなこと、今、言わないでくれ……」

「ああ、うん。ごめんな」

黎は真冬の腰をそっと掴んで、彼の太ももの間に自分の陰茎を押し入れる。

「あ」

「動くぞ」

愛液で濡れ、滑りやすくなった会陰を刺激するように腰を動かすと、真冬が「や、ぁ」と途切れ途切れに声を出した。

もう少し大きな声を聞きたかったが、今はこれが精一杯のようだ。

それでも裏筋を黎の陰茎で擦られる快感に身を任せて、ぎこちなく腰を揺らす様子が、快感を覚えたての少年のように見えて可愛い。

真冬の滑らかな背中の筋肉に汗がたまり、脇腹に伝っていくさまがいやらしい。

ああ、目の前に見える貞操帯が邪魔だ。

アルファの本能が、オメガの首に齧り付きたいと訴える。相手は壊れオメガで、首を噛んでもなんの意味もないのに。

それを理性で抑え込んで、黎は代わりに真冬の左肩に噛み付いた。

「んんっ！　んっ　あっ、ああぁっ」

真冬は噛まれた反動で射精したが、なおも黎の素股で陰茎を刺激されて「だめだ」と悲鳴を上げる。

「俺、あと少しで出るから」

「だって、だめ、だめ、出たばっかりで弄られたらっ！　漏れるっ！　漏れてしまうっ」

「いいよ、漏らして。気持ちよすぎて漏らして。漏らしてるところ見てやるから」

「だめ、だめ、そんなっ、あっ、あ、ああっ、気持ちいい、いいっ、黎、腹の中が熱くて、気持ちよくて……っ！」

「ふ……っ」

黎がようやく射精し、真冬の体を仰向けに転がした。

顔を真っ赤にして涙ぐみながら、抑えきれない排泄の快感に身を委ねている真冬に、なおも興奮してしまう。

「漏らしてるところを俺に見られて、感じてる？」

真冬は視線を逸らして小さく頷いた。

「よすぎて漏らすなんて、真冬は感度がいいな」

すると真冬の体が淡く色づき、黎の言葉にヒクヒクと動いて反応を示す。涙で潤み、上気した頬がいやらしい。陰茎も硬く勃ち上がっていく。

「インターバルを置かずに続けてセックスできるのか。いいな。エロい」

「一度、達した後は、いつもこうなる。オナニーのときは我慢していれば収まるが、今は黎が……俺のアルファ様が目の前にいるからか快感が引かない。こんなの初めてだ。気持ちよくて頭がどうにかなりそう……。アルファ様は性欲が強い方が多いと聞く。でもこの体なら、アルファ様が満足するまで相手ができると思う」

真冬が体を起こし「今度はもう少し上手くできるかも」と恥ずかしそうに笑った。

「アルファ様の好きにしてくれ。俺ができることをなんでもしてあげたい。一度達した後なら、どんなことをされても感じられる。は、恥ずかしいことも、喜んで、する、から」

言いながら、真冬の目が快感に潤んでいく。瞳の色は黒かったはずなのに、今は水にオイルを垂らしたような虹色に見えた。

「真冬」

「なんでもしてくれ。黎が気持ちよくなりたいこと、なんでも。俺、黎に何をされても平気だから。欲望をぶつけて、俺も一緒に気持ちよくして。酷いことをしても大丈夫だから」

甘く囁く真冬の声に酔う。

「本当に、何をしても大丈夫、だから……っ」

黎の喉がごくりと鳴った。

真冬に両手を掴まれたと思ったら、その手を首に押し当てられる。

「酷いことをしても、俺、平気だ。蹴っても殴っても、ちゃんと感じられるから。きっと感じられるから、ね？　黎、お願いだ……。切っても刺しても首を絞めてもいい。満足してもらえるならなんでもできる。俺を求めて。欲しいと言って。そうでなかったら……」

暴行してくれとねだりながら、真冬は気持ちよさそうに腰をゆるゆると揺らした。

そのいやらしい姿に理性が焼き付きそうになったが、黎は「おい！」と大声を上げて自分の両手を真冬の首から離す。

「俺じゃ、黎は満足できないのか……？」

「そうじゃない。あー……マジかよ、これ。こんなことをセックスのたびに言ってたら、真に受ける相手も結構いるだろ。それこそ生きたダッチワイフ扱いだ。酷いことになる。もしかして、壊れオメガが都市伝説になった理由はこれか……？」

普通のオメガも快楽に弱い。行為の最中に「死んでしまう」という言葉も出るが、それは過ぎる快感への賛美と同義語で、生命の危機に対してではない。

彼らは常に、ただただ甘く深くむさぼるように快楽の海に沈んでいく。

セックスが死と結び付くことは決してないのだ。

「真冬、大丈夫か？　苦しいならイカせてやろうか？」

黎はタイルに膝をついて真冬を抱き締め、優しく背中を叩いてやる。

「してもらうなんてだめだ。俺は黎の役に立ってない。役に立ちたい」

「だから、俺の目を楽しませてくれよ。アルファのセックスにつき合って。俺に体中をいっぱい弄られて、何度も射精してよ。お漏らしもまた見せてよ。俺に、真冬の感じてる顔を見せて」

耳元で囁いたのがよかったのか、真冬は「あ、あ」と小さな声を上げて、触れてもいないのに射精した。

「勝手に出して、ごめん……」

「可愛かったからいい」

「叩いて叱ってくれ、でも、俺のことを必要としてほしい」

「そんな酷いことしない。今度は尻で気持ちよくなろうか？」

首を左右に振りながら「俺だけ気持ちよくなっちゃうよ」と言う真冬を黙らせるために、黎は彼にキスをした。

そういえばセックスの前にキスはしなかったなと思いつつ、真冬の唇を舌でこじ開けて、熱い口腔を優しく犯していく。

柔らかな唇に柔らかな舌。熱い吐息。柔らかな口腔。どれもこれも心地よくて、いつまでも嬲っていたい。

口腔内を舌でなぞるだけでなく、どうしていいか分からず縮こまっている真冬の舌先を吸って伸ばした。

「は、あ……っ」

呼吸が苦しくなって口を開けた真冬に「鼻で息をしろ。あと舌を出して」と命令し、素直に差し出された唾液にまみれた舌を陰茎に見立てて、口に銜えて乱暴に扱いてやる。

それと同時にとろりと濡れた尻に右手の指を差し込んで、前立腺のあたりをわざと緩慢に突いていく。

「ん、んんっ、ぅ、んんんっ！　ふっ、ぅ……っ！　はっ、あっ、あああっ！」

真冬が目尻を真っ赤に染めて首を左右に振り、舌への過剰な愛撫から逃れるさまを満足しながら見つめて、黎は「気持ちよくなって余計なことは忘れろ」と命令したら、「はい」と健気な返事を寄越した。

「ああもう、ヤバいなお前」

愛撫の段階でこんな状態になるなら、挿入したら何が待ち受けているか分からない。あの、虹色に濡れる目で殺してくれと懇願されたら……と、黎はそこで思考を中断した。

「……俺は、ちゃんと黎を満足させられたかな？　途中で訳が分からなくなった」

広い湯船に浸かりながら、真冬に問われた。

「まあ、うん。開きかけた新たな扉はしっかり閉めたから問題ない。俺は言葉責めは好きだが、リアル暴力は嫌い」

黎は何があっても本当のことを言うつもりはなかった。

「そうか。俺も、暴力は嫌だな……。痛いのより気持ちいい方が絶対にいい」

「当然だ。だから、これからそこら辺に関しては、ゆっくりじっくり開拓したいと思う」

あ、そういうことか。これは本当に決定だな。

壊れオメガの「壊れ」には、いろんな意味があるのは理解した。

だがもっとも壊れているのは、セックスで死を求める姿だろう。

あの殺人衝動にあらがえるアルファはどれだけ存在するのか。相手がベータの客だったら、躊躇いなく殺されてしまうだろう。

生殖行為を行いながら、その対極を求めるなんて、そりゃあ、ただでさえ少ない壊れオメガが、都市伝説級の人口になって当たり前だ。

それに、アルファが頂点の世界で、オメガの死など簡単に隠蔽できる。

ああ、でもと、黎は、気持ちよさそうに湯船に浸かっている冬を見て泣きそうになった。

こいつを死なせたくないなと漠然と思った。

自分が一生真冬の客でいれば、真冬本人さえ知らない壊れオメガの本質を知る者は誰もいないんだなとさえ思う。

「黎？　のぼせた？」

「んー……少し。真冬がエロかったからよかったけど。俺もスッキリできたし」

「いい笑顔で……恥ずかしい感想を」

「あっけらかんとする方がいい。あまり恥ずかしがって動かないと、相手は白けるぞ」

その言葉に真冬が「なるほど」という表情をした。

「アルファ様を退屈にさせたり不快にさせたりできない。気持ちよくなってほしい。もっとこう、オープンに頑張る」

「焦らなくていいよ」

黎は安心させるように言ったつもりだったが、自分の声が思ったよりも掠れていて動揺した。


脱衣所でスマホの着信音が響き渡っていた。

電話は黎の友人からで、彼を遊びに誘うものだった。

いつもの黎なら、一も二もなく誘いに乗るところだが、今日ばかりは勝手が違う。

取りあえず、「ごめん。悪いけど、また今度誘ってくれ」と誘いを断った。

彼は遊びに行くより、真冬と一緒にいる方を選んだ。

二人は手早くパジャマに着替えて、リビングのソファにふんぞり返ってジュースを飲む。

ある意味一仕事を終えた二人の体に、心地いい疲労感があった。

「着替えを買い足した方がいいよな？　俺の服を着てもいいけど、下着まで一緒ってわけにはいかないだろ？」

「俺は清潔な衣服であれば、なんでも構わないが……」

「俺が構う」

「そうか。分かった」

「あと、順番にいろいろと、風呂場の続きをするからな」

「俺もそれは大歓迎だ。黎の精液を飲むと、ただのオメガになれたような気がする」

「まあね。俺はただのアルファじゃなくてスーパーアルファだからね。精液だって高値で取引されるよ。売りに出したらの話だけど」

濡れ髪をタオルで拭きながら「存在が奇跡だからな、俺は」と笑った。

「だとしたら、そんな奇跡のアルファ様のところに来られた俺は、とんでもなく幸運じゃないか？　よかった。黎に出会えて」

照れ笑いする真冬に、黎は「お、おう」とこれまた照れくさそうに頷いた。

羽瀬川博士へ

黎は博士の遺伝子を継いでいるだけあり、容姿がよく似ています。口調と行儀が少々悪いのですが、事務所のオメガたちと同じような口調で親しみを覚えました。

俺は今日一日で、様々なことを黎から学びました。

明日は黎と二人で買い物に出かけます。俺の衣服を買うのだそうです。

俺が壊れオメガでも嫌な顔をせずに、一緒に外に連れていってくれる黎はとても優しいですね。

博士。俺は博士の家が気に入りました。清潔で、本物の日差しが降り注ぐ素晴らしい建築物です。たくさん植物があるのも気に入りました。黎が植物の世話をしてもいいと言ったので、明日からは俺が植物の世話をします。水や肥料を与え、葉を拭き、下草を刈る。

何かを育てる行為が、自分にもできるとは思いませんでした。黎の心遣いに感謝しています。

では、今日はこれで失礼させていただきます。

真冬

p．s．

黎は、アルファ様らしく俺にいろいろ指導してくれました。でもまだ、セックスはしていません。知識だけでは太刀打ちできませんでしたが、次回に乞うご期待、です。


真冬は黎のパソコンを借りて膝の上に載せ、就寝前に博士にメールを打った。

「よし。これで送信、と」

送信ボタンをクリックし、メールが無事送信されたことを確認して、ＯＳを終了させる。

「終わったか？」

黎はベッドヘッドに体をもたれさせ、雑誌から視線を外さず訊ねた。

「ああ。ありがとう」

黎の部屋は広々としていて、壁はポスターや写真、コラージュで飾られている。作り付けの大きな本棚には主に海外と日本の旅行記で埋められ、それ以外はサイエンス系の機関誌や様々な写真集が並べられていた。床にしいてある民俗模様の絨毯は、自分で初めて買った中央アジアのものでとても気に入っていた。

窓際には大小のサボテンや多肉植物が並べられて、花を咲かせているものもあった。

本棚は大きいのに勉強するためのデスクがないのは、黎は好きなときに好きな場所で勉強をするので必要ないと決めているからだ。

その代わり、ゲームや動画配信を見るための大型テレビは置いてある。勉強や論文を書くノートパソコンが数台、床の上に転がっている。

脱いだジャケットはソファ代わりのクッションの上。二間もあるクローゼットに一年分の服が入っていた。

リビングと違って、ここは「黎の砦」という空気で満たされている。

「隣においで」

黎はサイドボードに雑誌を置き、自分の左隣をポンポンと軽く叩く。

「一緒に寝てもいいのか？　アルファ様と一緒に寝るなんて……。俺、寝相は悪くないけど」

「明日は午前九時起床。スマホのアラームが鳴るからそれで起こして。俺、朝はあまり強くないんだ」

「分かった。そういうことなら任せてくれ」

真冬は照明を消して、黎の隣に潜り込む。

羽瀬川家には、客室や使っていない部屋があるのだが、黎は真冬に自分の部屋を使うように命令した。触れるほど傍にいた方がいいと思ったのだ。

「ところで、そのうち、ベッドでセックスしような？」

だが返事がない。耳を澄ますと真冬のかすかな寝息が聞こえた。

まさか即座に寝入るとは。黎は真冬の寝付きのよさに驚く。

「お前、早すぎ」

真冬に関する報告書1

俺は学者じゃないから、思ったことをそのまま書く。どうせ父さんが読むんだろ？　なんで俺のところに壊れオメガを寄越したのか分からないが、なんの経験もないオメガなんて凄いものを送ってくれてありがとうと言っておく。今の俺は好奇心の塊だ。

そりゃそうだ。壊れオメガの「壊れ」の由来を知ってしまった。

父さんが何も知らずに真冬を俺のところに送ったとは考えづらい。

だから、わざとだな？

あれは生きものとしておかしい。ヤバい。本人がオメガ風俗で働きたいと言っても断れよ。裏方だけさせておけ。

真冬が立派な研究材料なのは分かる。俺の好奇心も刺激されまくった。

なので、実の息子がオメガ殺しの犯人にならないよう祈ってろ。

あの殺人衝動をどこまで矯正できるか分からないが、やってみる価値はある。

他のモニターはどうなってんの？　一度モニターたちで集まって会議をしたい。

老若男女が入り乱れ、それぞれ好き勝手に会話をしながら真冬の横を通り過ぎる。

「俺は、夜の繁華街しか知らないから、昼間に大通りを閉鎖してテーブルと椅子を並べることがあるなんて驚きだ」

丸テーブルに日よけのパラソルがついたものだが、真冬は「凄いな」と言って、空いている椅子に腰掛けた。

そして山ほど買った洋服のショッパーを脇に置く。

「はっ！　もしかしてお金、かかる？」

「かからないよ。こういうのは商店街が無料で貸し出すんだ」

「こんな大きな街でも？　大きなデパートがいっぱいあるのに商店街か」

隣のテーブルに陣取っていた年配の夫婦に、「そうなのよ。商店街なの」と笑顔で教えてもらって感激する姿は微笑ましい。

「今日は天気がよくてよかったな。日光を浴びるのは体にいいというし」

「ああ。でも浴びすぎると日焼けする。俺も真冬も肌が白いから、気をつけないと地獄を見るぞ」

「例えばどこで？」

「海やプール。俺はアウトドアはあまり好きじゃないけどな。空調の効いた部屋で、有料チャンネルのドラマを見たり、本を読んだりしてる方がいい」

「俺……どこにも行ったことがないから、仕事で給料が出たら行ってみようと思う」

「え？　事務所で五年間、家事をしてただろ？　家事は無給だなんてことがあるか！」

「養ってもらっているからいらないと言ったんだが、博士が『だったらこづかいだと思いなさい』と言ってくれたので、貯金していた」

真冬が無給だったら抗議をしなくてはと思ったのは取り越し苦労だった。よく考えたら、父が起こした会社なのだ。そんな非道が行われるわけはない。

「そっか……。だったら山がいい。海は潮風がべたつくから嫌なんだよ。うちの別荘に行こう。綺麗な川があるから水遊びもできる。そうしよう、真冬」

すぐに返事がなかったので首を傾げて彼を見たら、顔を赤くして「黎の別荘に招待してくれるのか？」と声を震わせる。

ここが歩行者天国でなく自宅だったら、そのまま抱き寄せてキスをしていた。

それほど真冬は可愛かった。全身全霊で可愛いを体現しているように見えた。

「まあ、うん。それぐらい……いいだろ？　モニターが終わった後に縁を切りたいなら話は別だけど」

「切りたくない。ありがとう、黎。凄く嬉しい。ちゃんと連絡先の交換もしような？」

何をやってるんだ俺は。

黎は視線を真冬から逸らして小さなため息をつく。

そして心の中で「俺たちの関係はビジネスライクだろ」と呪文のように唱える。

「あ。向こうで風船を配ってる！　……違うぞ？　俺は風船が欲しいなんてこれっぽっちも思っていない。ただ綺麗だなと」

うずうずしながら言い訳する真冬に「なんだそれ」と笑ったら、真冬が言い返した。

「楽しそうなものや綺麗なものは、全部記憶しておきたいんだよ」

「それは分かるけど」

「毎日黎の顔を見るのが一番大事だと思ってるから安心して」

「は？」

「黎は綺麗だから、毎日見ても飽きない。ずっと見ていたいと思う」

「当然だが、はしゃぐなよ」

ありきたりな歩行者天国がこんなに楽しいのは、真冬が傍にいるからだろう。彼は襟の高いシャツを着ているので貞操帯は外から見えない。きっとベータと思われている。

アルファとベータの組み合わせは、学生ならよくあるものなので、自分たちはいたって普通の、どこにでもいる学生に見える、はずだ。

「ごちゃごちゃしてて疲れないか？」

「平気だ」

「だったらいいけど。体、痒くなったりしないか？」

太陽の話をしていて思ったが、今日の日差しは結構強い。黎は日焼け止めを塗らなかったことを今更後悔し始める。

今日は半日も都心の繁華街で買い物をしている。目に見えぬ埃や車の排ガスは、そうそう外に出ない真冬にはあまりよくないと思う。

「大丈夫だ。ただ……休んでいたら足の裏が痛くなってきた」

「そこそこ歩いたからな」

真冬の服を買うのが楽しくて、目についた店に片っ端から入ったのも理由の一つだ。試着した真冬を見た店員の、「お客様は何を着てもお似合いです」という定番のセリフにさえ浮かれていたと思う。

「こんなに長時間歩いたのは初めてだから」

「そっか。じゃあ水分補給しよう」

黎は笑いながらそう言って、真冬を連れて今度は歩道脇のオープンカフェに入った。


道路際の席に腰を下ろした二人に、周りの席に座っていた人々の視線が集中する。値踏みをするように、しかしさりげなく頭のてっぺんから足の爪先までを観察する様子は、科学者も裸足で逃げ出すほど真剣だった。

「買い物しただけだけど、他に行きたいところはある？」

やたらと愛想のよい従業員に「オレンジジュースを二つ」と注文した黎は、行儀よく座っている真冬に耳打ちする。

「俺は黎と一緒にいられればそれで嬉しい」

「んふふ。そうかそうか」

「高級スーパーには、食材の種類がたくさんあって楽しかった。見てるだけで楽しかったな。でもザリガニ料理は一度作ってみたい」

本当に嬉しそうに笑う真冬を見て、黎は「ぷっ」と噴き出す。

「どうした？」

「真冬は可愛いな」

従業員が飲み物を運んできた。

黎はストローの袋を破くと、それをグラスの中に入れる。真冬もそれを真似て、黎と同じグラスにストローを差した。

その途端、周りの席からクスクスという笑い声と、「きゃーん」とも「いやーん」とも聞こえる声が上がる。スマホをこちらに向けてぶしつけに写真を撮る少女もいた。

「真冬……」

「間違い？　あのポスターは嘘なのか？　うわ……恥ずかしいな俺」

黎は苦笑しながら「カップルで飲んでね、特大オレンジ」とキャッチコピーが書かれたポスターを一瞥し「これは特大じゃない」と訂正する。

ポスターのオレンジジュースには、一つの大きなハートグラスに、二つのストローが差してあった。

「悪かった。なんて図々しいんだ俺は」

「まあいいけど。面白かったし」

「こんな俺でもアルファ様が傍にいてくれるから、安心して外を歩ける。ありがとう」

真剣な声で言う真冬に、黎は「シリアスになるところか？　楽しめ」と笑う。

「うん。でも黎が楽しそうなのが嬉しいな」

真冬が写真を撮られるのを嫌がっていたら、キャッキャと騒いで写真を撮っているベータの少女たちを一睨みして黙らせようかと思ったが、逆に「黎が綺麗だからだよ」とニコニコしているので、スマホのシャッター音を無視することに決めた。

「ところで、黎は俺がいる間は外食はしない方がいい」

「なんでそうなるの………」

「この世には素晴らしい食材が山ほどあると分かったから、俺が作る。いや、作らせてください」

真剣な顔でお願いする真冬に、黎は口をポカンと開けた。

「真冬がずっと料理を作るのか？　本当に？」

「ああ。料理の腕がいいっていうのも、俺の売りの一つになると思うんだ」

「確かに珍しくて通う客はいるかもな。まあ、使えるものはなんでも使えばいい」

これでは、エロい壊れオメガというよりも「家政夫さん」だ。

黎は晴れ渡る空を仰ぎ、「そりゃあ仕事のために努力をしたいもんな」と呟く。

「肉料理も魚料理も作れる。オメガは甘党が多いから、同僚のためにケーキを焼くことも多かったんだ」

「ケーキか。いいなそれ」

「オメガは事務所に大勢いたから、作り甲斐があった」

「うちには一人だけで作りではないかもしれないが、いろんなものを少しずつ作ってくれよ。俺が食べる」

「ああ。そう言ってくれると嬉しい」

「よしよし。じゃあ次は靴を買いに行こうか」

「待って。勿体ないからジュースを全部飲む」

真冬はジュースを飲むことに集中する。

ストローを銜える唇。ジュースを嚥下するたびに上下する喉。

優しげな日の光は、真冬の黒髪を反射で濃い緑色に見せる。

外見は、どこにでもいるベータと全く変わらないのに。

大勢の人間が集中する都心の繁華街でも、壊れオメガを連れて歩いているのは自分だけ。そう思った途端、黎の心の中にとてつもない保護欲と慈愛の感情が湧き上がった。

着替えに下着、そして靴。ついでに最寄りの激安スーパーに寄って食料を山ほど買い込んだ二人は、夕方になってやっと帰宅した。

俺の服を買ってくれたんだから俺が荷物を持つと言った真冬と、俺が買いたかったから俺が持つと言った黎はどちらも譲らず、じゃんけんで決めた。

勝った方が荷物を持つ。

さすがはアルファというか、運が強いのもアルファの性質なのか、黎が三回連続じゃんけんに勝ち、荷物の殆どを持って帰宅した。

「誰かのために服を買うのは初めてだ。感動の重さを体験した」

黎は大袈裟に言って、ソファに乱暴に腰を下ろす。

「飲み物を持ってくる」

真冬は右手にスポーツ飲料、左手にミネラルウオーターのペットボトルを持ち、キッチンからリビングに戻ってきた。

「これ飲んだら、食料を冷蔵庫に入れて、買った服で真冬のファッションショーだ」

黎が嬉しそうに言う横で、真冬は「なんだよ、それ」と笑い、立ったまま一気に水を飲む。彼の持っていたペットボトルは、瞬く間に空になった。

真冬はペットボトルをテーブルに置き、ポリポリと頬や首を掻く。彼はそこだけでなく、腕や頭まで掻き出した。

掻いた場所は赤い発疹が残り、それがすぐに広がって腫れ、見ているこっちまで痒くなる。黎はびっくりして、真っ赤になった真冬の腕を力任せに掴んだ。

「え？　何これ……」

「れ、黎……？」

「花粉か？　それとも紫外線のせい？　光線過敏症ってこともありそうだ。息苦しくない？　変なものは……食べてないしな。俺と同じものしか食べてない」

何かのアナフィラキシーショックを疑ったが、真冬は平気な顔で「痒くてちょっと痛いだけ」と言った。

「いやいやいや、これはよくない。とにかく体を清潔にするのが大事だ。あと、水はもっと飲め。体の中に新しい水を取り込むのが大事だ」

黎は真冬が返事をする前に、彼の腕を引っ張ってバスルームに急いだ。

真冬を脱衣所の床に座らせたまま、黎は彼の服を脱がしていく。

「うわ……っ。背中まで真っ赤じゃないか……」

「そんなに酷くなっていたのか。興奮してじんましんが出たんだな……」

靴下を脱ぎながら他人事のように呟く真冬に、黎が怒鳴った。

「それっていつから？」

「多分、靴を買っている途中からだ」

「痒かったら言えよ。我慢することか？」

「楽しかったんだ」

事務所では得られなかった、青空の下を歩く快感。

太陽の暖かさを肌に感じる快感。それに。

真冬は申し訳なさそうな声を出した。

「え？」

ジーンズを脱がそうとフロントボタンに手をかけていた黎は、怪訝な顔で真冬を見る。

「事務所では、欲しいものは要求すれば与えられた。買い物はネットで済んだ。買い物がこんなに楽しいものだと初めて知った。黎と一緒に歩き回るこの楽しい時間を、失いたくなかったんだ……」

真冬が様々な服を試着するたび、黎は違った表情を見せた。その表情に真冬は癒やされていたのだという。

「黎の笑顔を見たかっただけなのに、逆に心配させてしまった。ごめん……」

真冬が自分の浅はかさに項垂れる。

「あのな」

黎は腕を伸ばして、発疹の出た真冬の頬を優しく触った。

「買い物なら、また行けばいいだろ？　そんなことも考えられなかったのか？」

「また？　俺と一緒に？」

「そうだよ。壊れオメガを一人で外に出せるか。俺がついていく」

「そういうことを考えてよかったのか」

「ほら、ジーンズ脱げ。俺は風呂にお湯を張ってくる」

黎は真冬の喉をくすぐるように頬から顎をなぞり、笑みを浮かべながら浴室に入る。

「よかった。黎が微笑んでくれた」

真冬は安堵すると同時に、彼の優しい指の動きに反応して体温が上がった。

その仕草は、オメガに対する愛撫ではなく、もっとこう……親愛を感じた。


自宅にあるのは鎮痛剤と胃腸薬だけだと気づき、考えあぐねて真冬の事務所に電話してから二十分後。

大きな鞄を抱えた白衣の男が、羽瀬川家に到着した。

「まさか、こんな早く電話をもらうことになるとは思わなかったな、おい」

「胃腸薬や頭痛薬ならまだしも、じんましん用の薬はそうそう置いてないだろ。だが、よく来てくれた」

「はいはい」

銀縁眼鏡の男が暢気《のんき》な声で返事をする。白衣にとめてある社員証には「ドクター」の文字が大きく記されていた。名前は神崎《かんざき》隆一郎《りゅういちろう》と印刷されている。

「帯状疱疹が出たのかと思ったが、単なるじんましんか。光線過敏症じゃない。でもこれはちょっと酷いな。興奮しすぎだな。急激な環境変化でも出る」

ベッドにぐったりと横たわって「痒くて辛い」と呟いている真冬を診察して、神崎はバッグから薬を取り出す。

「黎君、ちょっといいかなぁ」

彼らの後ろで成り行きを見守っていた黎に、神崎が声をかけた。

「はい」

「真冬をどこに、何時間ぐらい連れ出した？」

「渋谷。五、六時間……だったと思う」

その言葉に、神崎はため息をつく。

「買い物に行っただけなんだけど。それのどこが悪かった？」

「真冬はこの季節の気候に慣れてない、箱入りなんだから」

神崎は、真冬の腕を消毒しながら、呆れの入った声で言った。

「心得読本に書いてなかった」

いや、書いてあったかもしれないが、「アルファの自分に知らないことはないだろ」と読み飛ばした箇所がたくさんあったので、その中に書いてあったのかもしれない。

黎は心の中で「俺の驕りだった」と静かに反省する。

「いや、書いてある。単に見落としただけだ」

「真冬？　聞こえるか？」

「はい……」

神崎は真冬の顔を覗き込むと、汗の滲んだ彼の額を優しく拭った。

「こんなに酷いじんましんが出るほど、楽しかったのか？」

「はい。あと多分、紫外線を浴びすぎたのかも」

「そうだな」

神崎は立て続けに二本、真冬に注射を打った。

淡い水色の溶液が入った太い注射器。黎は見ているだけで「痛そう」と顔を歪めたが、真冬は苦痛を表情に出さない。

「これは完全に俺のせいだな。真冬の体調の変化に気づけなかった」

「そうだね。次からちゃんと覚えてくれ。知らなかったじゃ済まない、スーパーアルファ様」

「分かってる。真冬は俺が三ヶ月間、しっかり面倒見る」

まだたった二日しかモニターしてないが、責任は自分にある。

黎は神妙な顔で宣言した。

「大事にしてよね」

神崎は、今度は真冬に点滴の針を刺しながら「大事にしてほしいよな？　真冬」と優しい声で微笑む。

「すみません。俺が悪いんです。本当に……黎は悪くない……」

自分の不注意で黎が怒られるのは嫌だ。黎は何も悪いことはしていない。真冬を外に連れていってくれたし、様々なことを教えてくれた。体の変調を訴えた俺を、ちゃんと世話してくれた……。

真冬は神崎、そして黎に視線を移し、申し訳なさそうな顔をした。

「ふむ。楽しさを優先して体調の変化を無視、か。充分に外の生活を楽しんでいるじゃねえか。これからしっかり奉仕できるな？　お前が自分で決めた仕事なんだ、頑張れ」

ニコニコと微笑む神崎に、真冬が「はい」と掠れた声で答える。

「俺は……黎のところで頑張りたい」

オメガとして何もできないままモニター変更はできないし、黎との出会いをなかったことにはしたくない。羽瀬川博士から黎のことを聞かされたときから、自分が奉仕するアルファは黎以外いないと、ずっとそう思っていた。

神崎に頭を撫でられながら、真冬はゆっくりと、しかし深く頷く。

「あのさ、真冬は俺のところに来たオメガなんですけど？　そうやって、必要以上にベタベタするのは、ドクターといえどやめてくれませんか？　顔見知りみたいですが」

「俺が、ガリガリに痩せてた真冬を助けて、博士に保護をお願いしたんだよ。そりゃもう、ベタベタと甘やかすに決まってるじゃないか」

「マジか……」

「嘘をついてどうする。義務教育が終わってすぐ、番になれない、玉の輿にも乗れない、役に立たないと親に捨てられて、悪いヤツらに捕まりそうになったところをだね、オメガたちのボランティア診療をしていた俺が通りがかって助けたんだ。語ってやろうか？　二時間ドラマができるぐらいには語れるから」

黎は、ドラマ云々には首を左右に振ったが、感謝の気持ちは隠さなかった。

「そうだったのか。……真冬はあんたに拾われてよかった。ありがとう」

「羽瀬川博士に保護されて、事務所で暮らしてた。でも今は、新しい仕事で頑張ろうとしてる。大事に扱ってよ。いずれはオメガ風俗のトップに君臨するかもしれない子なんだから」

「大事にするよ」

胸を張って言ったつもりなのに、神崎の「いずれはオメガ風俗のトップ」という言葉を聞いて、胸の奥を針で刺されるような嫌な痛みが走った。

今夜の食事は、黎が作った「かき玉あんかけのチャーハン」だった。

簡単で旨く、腹持ちがいい。

薬ですっかり炎症が治まった真冬が、さっきまでの弱々しさはどこへ？　と思うほどの食欲を示した。

「旨い。チャーハンにとろみのあるスープがかけてあるのを初めて食べた。美味しい！」

「お代わりはあるから、好きなだけ食べろ」

「本当なら俺が夕食を作るはずだったのに……」

二杯目をお代わりしながらしょんぼりした真冬は、だが「次回に期待してくれ」とすぐさま立ち直る。

「具合の悪いときはお互いさまだ。俺も具合が悪かったら真冬に言う。だから真冬も遠慮せずに言ってくれ。というか、アルファがオメガに遠慮されるって屈辱だ」

「えっ！　そうなのか？　分かった。遠慮はやめておく。こんな美味しいチャーハンを作れるアルファ様って最高！」

「何それ」

「称賛を遠慮しないで言ってみた」

「俳句かよ」

「それくらい美味しい。ありがとう。俺は幸せなオメガだ」

幸せは美味しいというのは、あながち間違っていない。

だが黎は、これくらいで満足なんかしない。

「お前の幸せは安い。もっと高くしてやる」と言い返して笑った。

真冬は今、ミネラルウオーターを飲みながらソファに座り、のんびりとテレビのニユースを見ている。黎はというと、キッチンで後片づけをしていた。

「しかし、あの神崎さんとやらは台風一過だな」

生ゴミをコンプレッサーにかけて、黎が苦笑する。

「あの人は、いつも楽しそうだし、忙しそうなんだ」

真冬は、洗い物をしている黎の背中を見てそう言った。

「ふうん」

黎はキッチンペーパーで手を拭いてキッチンから出ると、真冬の隣にどすんと腰を下ろす。そして彼の手の甲をそっと撫でた。

「体、もう平気か？」

「ああ。本当に迷惑をかけて済まなかった。これからはちゃんと言う」

「俺も、お前のことちゃんと見てやる。ただ……明日は大学に行く日なんだよな」

黎は真冬の肩にもたれ、小さなため息を漏らした。

「大学か。一度見学してみたいな」

「んー……、連れていってやりたいけど、ちょっと難しいかもな」

楽しそうな声を出す真冬に、黎は乾いた笑いで返す。

「難しい？」

「俺の大学はアルファとオメガのマッチングもしてるから、教授に見つかったら面倒くさいことになる」

「え？」

「その前に、都市伝説と思っていた壊れオメガに出会ったら、喜びすぎて死ぬね」

「それは困るな……」

「だろ？　だから、今のところは俺の傍にいるだけでいいよ」

黎は真冬の腕をピタピタと軽く叩いた。

「そうだな。一気に世界が広がったと思ったらじんましんだから、もっと今の状況で慣れていかないと」

小さく呻く真冬の頬を黎の指がそっと撫でる。

「頑張れ。やっぱ、触り心地いいや。じんましんが治ってよかった」

「ん」

真冬も、黎が不安そうな顔をしているのを見ていたくなかったから、完治して嬉しい。

黎はテレビを見ながら真冬の頬を撫で続けた。

「こそばゆいけど気持ちがいい。この指の感触が好きだ……」

「そうか」

真冬の目が「もっと撫でてくれ」と言っているのが分かったので、黎はよしよしと撫でてやった。


翌朝。

復活した真冬は、黎のスマホのアラームが鳴った朝七時に起床した。

神崎が適切な処置をしてくれたお陰で体調は完璧。ダイニングテーブルに二人分の朝食も手際よく用意することができた。

焼き鮭にだし巻き卵、かまぼこを切ってわさびを添えた小皿、箸休めの白菜の浅漬けに、ぱりぱりの焼き海苔。豆腐と油揚げの味噌汁に炊きたてのご飯。

「なんかいい匂いがする……」とダイニングに現れた黎は、並べられた料理を見て感嘆の声を上げた。

「旅館の朝飯じゃないか！　いいねいいね、最高だ……！」

黎は嬉しそうに目を細め、舌鼓を打ちながら朝っぱらから二杯もお代わりする。

「しかも旨い」

「ありがとう。美味しく食べてくれる黎もありがとう」

「ははは。可愛い」

「可愛いかなあ……俺」

真冬は首を傾げながら、黎の湯飲みに茶を注いだ。

「可愛いよ。もっと自信を持っていいと思う」

黎はそう言って、茶碗に残った最後の飯を焼き海苔でくるんで口に入れた。

「そうか、自信か」

「もともとオメガは、自信を持つってことに苦手なタイプが多い。でも真冬なら克服できると思う」

「頑張る」

「いいぞ、その調子だ。そして、ごちそうさまでした」

黎はお茶を飲んで息をつくと、「二人暮らしもいいもんだな」と言った。

今まで一人で問題はなく、寂しいとも思わなかった。だが真冬がやってきて、二人で暮らす楽しさを教えてくれた。

「あつっ」

真冬がお茶で舌を火傷して、しかめっ面をする。その顔もいいなと思う。

黎が笑うと、「大丈夫かと言うところだぞ」と突っ込みを入れられた。

なんなんだ、この生ぬるさは。気持ちがいい。アルファもオメガも関係ない世界に浸っている気になる。

まるで社会の歯車の一つであるベータにでもなった気分だ。いや、実際にベータにこれを言ったら「はあ？」と冷ややかな視線を向けられるだろうが。

「帰宅が昼すぎになるなら、弁当を作ろうか？」

「いや、帰ってきて真冬の作った出来たての飯を食う」

「分かった」

オメガの、無条件でアルファに向ける熱っぽく潤んだ視線なんてどこにもない。目の前のオメガは壊れていて、アルファのフェロモンを感じることができないのだ。

けれど。

「今夜はエロいことしたいな」

恥ずかしいことを言ってやれば真冬は羞恥で頬を染める。その顔が、フェロモンを発せない「壊れオメガのフェロモン」のような気がした。

今すぐ首の貞操帯を剥ぎ取って、何度も何度も力任せに噛み付きたい。血が滴り落ちても噛み付き続ければ、「殺してくれ」なんて言われる前に番になれるような気がする。

「黎？　どうした？　表情が……」

「な！　なんでもない！　大丈夫！」

何を考えているんだ俺は……っ！

黎は動揺を隠すように立ち上がると、歯を磨きに洗面所に向かった。

知らない人が訪ねてきても、絶対にドアを開けないこと。

家の電話は留守電にしておくから、出なくていい。

押印の必要な郵便や宅配便の場合、靴棚の上の小物入れの中に印鑑が入っているから、自分の手で押すこと。

「あー、それと、帰る前に電話する。電話が留守電に切り替わって俺の声が聞こえたら、出てちょうだい」

「俺の扱いは子供か。セキュリティーに関しては黎より厳しいところに住んでいたから理解してる」

「ごめん。でも心配なんだ。……今日、真冬用のスマホを買ってくるよ。これからはそれで連絡を取ろう。そうすれば、スマホにかかってくる電話以外は無視すればいい。俺は真冬のアルファだから、心配だって人一倍する」

「そっか。心配してくれてありがとう。俺は大事なアルファ様に一度言われたことは決して忘れない。任せろ」

「おう。んじゃ、行ってきます」

黎は、顔いっぱいで「心配」を表現しながらも、リュックを肩に担いで玄関を後にした。

「行ってらっしゃい」

真冬は玄関から表通りに出て、何度も振り向く彼に手を振る。

「何度も振り返る君の方が、まるで子供だ」

真冬は微笑みながら、黎の背中に手を振った。

黎が学校に行っている間に掃除と洗濯をさっさと済ませておこう。

これが事務所なら、オメガたちの喧騒が聞こえてくるだろうが、ここは閑静な高級住宅街なので、聞こえてくるのは庭に遊びに来る小鳥たちの声ばかりだ。

猫たちも羽瀬川家の広い庭の一角を集会場にしているようで、朝から何匹も来ている。

「今度一緒に買い物に行くときは、花の種を買ってもらおう」

猫が齧っても害のない花の種を買って植えたい。

緑の多い庭を彩る華やかな花がいい。

三ヶ月過ぎて花が咲いたら、黎に自分のことを思い出してもらえたらいいなと思ったら、胸の奥に何かが突き刺さるように鋭い痛みを感じて、涙が出そうになった。

「なんで、こんなに苦しいんだろう……」

真冬に関する報告5

赤裸々に語る。まだセックスしてない。というかできない。

別の意味で奉仕はしてもらってるが（家事とか）、なんというか、真冬とのセックスはオメガ風俗のモニターとは違う気がする。

真冬は本当によく働く。食事は旨いし、中庭の手入れや観葉植物の水やりも絶対に忘れない。庭弄りが好きなようだ。中庭に畑を作りたいと言われたときは、さすがにだめだと言ったけど。その代わりに花の種をいくつか植えた。

父さんがあいつを寄越したのは、俺ならどうにかできると思ってるからなんだよな？

どうにかするつもりですけど！

いろいろ考えると頭が痛い。サンプルが少なすぎるのが原因だ。

俺が好きすぎて死にたくないって言わせないとなあ。

好きじゃだめだな、愛か。愛の方が重いから、こっちでどうにかしてやりたい。

羽瀬川博士へ

羽瀬川家での暮らしが楽しくて、一日が過ぎるのが早いです。

ずいぶんとアルファ様の黎との生活に慣れてきました。

黎は大学から帰宅すると、その日の出来事を俺に語ってくれます。いろいろ語ってくれるのが嬉しくて、一緒に食事をするのが楽しくて、彼が大学に行ったときは、気がつくと帰宅を待ちわびています。

黎は俺にとってとても眩しいアルファ様で、半端な誘い方ではだめなんだろうと思います。ならば開き直って、俺が押し倒す勢いで迫ってみようと思います。

俺にもヒートがあればよかった。こんなにも普通のオメガが羨ましいと思ったことはありません。こんなこと、絶対に思っちゃいけないのに。俺は最低です。

でも、普通のオメガだったら、もしかしたら、黎と番になれたかもしれない。保護対象のオメガとして番になりたかった。

毎日が楽しくて、仕事で来たことを忘れてしまいます。やっぱり俺は最低です。

真冬

「俺はモニター商品として失格だと思う……」

朝食のサラダをむしゃむしゃと食べていた黎に、真冬が真面目な顔でそう言った。

「へ？」

「ここに住んで一ヶ月も過ぎたのに、俺に魅力がないから、黎は俺とセックスできないんだ。だがそうなると、俺はここに来た意味がない……」

真冬は悲しそうな表情で黎を見つめる。

「一緒に寝ていて、風呂も一緒だ。スキンシップしかないし、最終的難関突破はまだまだ先で果たされていない」

彼の瞳はうるうると潤んでいた。

「待て」を命令された犬のように可愛い。同い年の二十歳なのに、どうしてこんなに可愛いんだろう。

「俺がもっと積極的に動くべきではないかと思う。騎乗位とか！」

サラダで噎せた。

何を言ってるんだと突っ込みたかったが、「ちゃんと濡れたら、できるはず」と何かを想像して尻をもじもじさせている真冬を見た途端に、頭の中で花火が打ち上がった。そして体中の血液が、勝手に股間に集中するのが分かった。朝っぱらから元気だ。

いやいや、真冬が可愛い仕草をするのが悪い。

「俺にも……それなりの悩みがあるんだけどな」

黎は半笑いを浮かべてゆっくり立ち上がると、前屈みになってトイレに向かう。

「どうしたんだ？　黎。……具合が悪いのか？」

真冬が慌てて黎を追いかけた。

「違う」

「だが、辛そうな顔をしている。食べ合わせが悪かったかもしれない。常備薬は……」

「違うって言ってんだろっ！」

黎は眉間に皺を寄せ、心配そうな顔をする真冬の手を掴んで自分の股間に押し当てる。

真冬は目を丸くして息をのむと、そのまま動かなくなった。

「こういうとき、相手がいない場合は黙ってトイレに行くの。分かった？」

「なんでこんなことに？　俺のせい？　だったらラッキー？」

「違う違う」

「違わない。黎、俺にさせてくれ。二度目ならきっと上手くできる」

「今は無理。ちょっと無理。そういう気分じゃない。一人でどうにかしたい気分」

黎は自分の股間から真冬の手を離して「はは」と笑った。

「笑うところか？　俺の立場がない！」

「俺だってそうだ。アルファなのに、オメガ一人モノにできない」

「モノにしてくれ。今すぐ」

「モニターのためにか？　それでいいのか？」

真冬が何か言いたそうに口を開いたが、すぐに閉じて首を左右に振った。

「それを黎に言われると、なんで俺は傷つくんだろう。モニターは当たり前のことなのに。ごめんなさい。俺はだめなオメガだから、壊れオメガの中でもだめなオメガだから、アルファを困らせてばかりいる」

真冬が独り言のようにぼそぼそと言って、よろよろと中庭に出た。

縁台に腰を下ろして胸の前で腕を組んでいる。

男らしいポーズだが、あれは真冬の「反省のポーズ」だった。

「散歩がてらに、いつもと違うスーパーに行かないか？」

しょんぼりしながらも美味しい昼食を作ってくれた真冬のために提案してみた。

「本当？」

ないはずの尻尾が元気よく振られているのが見えた。

「散歩をして、二人でいろんなものを見よう。いい感じのカフェを見つけたらそこでちょっと休むのもいい」

「黎」

「モニター期間はまだ二ヶ月もあるんだ。焦らずゆっくり進んでいきたい。真冬は？」

「俺は……アルファ様の言う通りにするに決まってる」

「よし」

黎は笑顔で真冬の頭を撫で回し、彼の額にキスをした。

「え、えええ？　うわ、なんてことを……っ！」

真冬が信じられないほど顔を真っ赤にして、黎がキスした額を両手で押さえる。

「もっと凄いことをしたんだぞ？　俺たちは。なんでそんな状態になるの」

「だって……キスはセックスのときにしかしないし……」

「うん。真冬がキスしたいなら、いつでもしてやるけど？」

「俺の反応を見るためか？　こんなことしょっちゅうされたら、心臓が破裂して死ぬ！　今だって、ドキドキが収まらないのに……」

「いいよ、それで。セックス以外でもずっとドキドキしてろよ。いつでもどこでも、俺のことだけ考えていればいい」

「黎のことだけ……？　事務所に戻るまで？」

「違う。ずっと」

「俺……モニター期間が終わったら仕事を始めるんだけど？」

「知ってる。でも、俺のことだけ考えて」

「え？　そんなこと無理だろ。無理。だって……そんなことしてたら……」

真冬はそこで口を閉ざし、「エコバッグ、持っていかないと」と冷蔵庫のマグネットに引っかけてあるエコバッグを取りに行く。

「先に玄関に行ってる」

意地が悪いと自分でも分かってる。

けれど、無性に真冬をいじめたくなってしまったのも事実。

「俺も大概、歪んでるな」

スニーカーを履きながら呟いて、小さく笑った。


玄関でしっかり日焼け止めを塗ったので、今日の日差しは問題なかった。

いつもと違う道を歩くだけで会話が生まれて、家を出るときの気まずい雰囲気はすっかり消えた。

駐車場にとまっている車は高級車ばかりで、スーパーの入り口もブティックのようなシックな門構えだ。

子供向けの陽気な音楽の代わりに、落ち着いた環境音楽が流れている。

「ここ、高級スーパーか。だから海鮮コーナーの巨大水槽に伊勢エビがいたり、ムール貝やオマールエビが並べられてたのか」

黎は反応が薄いが、真冬は普段のスーパーとの値段の差に驚いて無言になった。

「肉が……高い……」

「別にいいよ。なんなら庭でバーベキューする？」

「俺、高級料理は作ったことがない」

「そういうのはレストランで食べればいいよ。豚肉の生姜焼きか、ハンバーグ。何種類か肉を買って、帰ってから考えよう」

「そうだな」

「このスーパーはアルファ御用達っぽいから、気をつけろよ？　ベータにちょっかい出すアルファは普通にいるからな？　特に、アルファの子供に懐かれたら注意だ」

どこから見てもベータにしか思えない真冬に、しっかりと言い付ける。

「ああ」

頷く真冬の左手を右手でしっかりと掴んで歩き出す。

「黎……、なあ黎」

「なんだよ。そっちの野菜の山にあるブロッコリー取って」

「ひゃ、ひゃい」

慌てて言葉を噛んだ真冬が可愛い。

こうして手を繋いで歩いていれば、恋人同士に見える。

真冬は黒のハイネックの半袖Tシャツを着て、スリムパンツを穿いている。足元はサンダル。スタイルがいいので、通りすがりのアルファが思わず振り返るのは仕方ない。

だが彼らは、スーパーアルファの黎を見た途端に負けを認めて離れていく。

頂点といわれるアルファの中にもランクが存在するのだ。

真冬を見て、黎を見て、再び真冬を見て首を傾げるアルファのカップルが何人かいたが、彼らは肩を竦めただけですれ違った。

真冬に違和感を覚えるんだろうが、「他人のことだし」と気にしないでくれるのがありがたい。

二人は、広々としたスーパーの中を探検するように歩き回り、肉と野菜とアイスを買って会計を済ませた。

スーパーを出ると日差しが眩しい。

「俺も車で来ればよかったな……」

「黎は免許を持っているのか？　凄いな。でも車はどこにあるんだ？　ガレージにあったのは自転車だけだ」

そう訊ねた真冬の足に、菓子を買ってもらって浮かれた子供がぶつかってきた。

「あっ！」

三歳ぐらいだろうか、子供はぶつかった反動で仰向けに転がって盛大に泣き出す。

真冬に落ち度はないのだが、彼は両手に持っていた荷物を慌てて床に置くと、子供の前にしゃがみ込む。そして、慎重に子供を抱き起こした。

「どこか痛いところはある？」

真冬は子供の頭や腕を確認しながら訊ねる。

「………………今は平気」

「護君《まもる》っ！」

子供のしょんぼりした返事と、荷物を抱えて慌てふためく母親の声が重なった。

スクールの帰りなのか、テニスラケットも持っている。

「すみませんでした。お怪我はございませんか？」

「いいえ、大丈夫です」

「本当にすみません、この子は元気がよすぎてしまって……」

申し訳なさそうに頭を下げる母親に、真冬は「気にしないで」と笑顔を見せる。

二人ともベータのようで、真冬と普通に話をしている。

着ている服や身につけている宝飾品が高価なものなので、パートナーとの暮らしは豊かなのだろう。

「おにいちゃん、ごめんね。それにおっきいね」

子供は人懐っこいのか、真冬に向かって「おっきい！」と小さな両手を伸ばした。

だが親が、傍らの黎に気づいて「だめよ」と子供の手を引っ張った。

「護君、お兄さんたちはお買い物が済んだからお家《うち》に帰るのよ？　お母さんと護君もそうなの」

「でもぼく、おにいちゃんがいい……っ！」

大声を上げながら地団駄を踏む子供に、周囲の視線が集中する。

アルファたちに「あらあら、困ったわね」と笑われて、ベータの母親は羞恥で瞬く間に真っ赤になった。

「護っ！」

彼女が強引にこの場から去ろうとしたが、真冬が「待ってください」と遮る。

「おい、真冬。何をするんだ」

「そこまで送ってあげようかと。そうすれば子供も落ち着くと思うんだ」

「そこまでする？」

黎は呆れ顔をしたが、真冬に「その顔はやめてくれ」と真顔で言われて不機嫌になった。

壊れオメガはアルファの言うことも聞かないのかと腹を立てたところで、黎は「これは差別的な考えだわ」と自己嫌悪に陥った。

「すぐ戻る。走って戻るから……」

「ああ、行ってこいよ」

世間に対してはなるべくフラットに対応しようと思っているのに、こんなことで腹を立てるなんて自分らしくない。

スーパーアルファなら、もっとこう、何事にも余裕を持たなければ。

でも。

真冬が自分以外の誰かと歩いているシーンなど見たくなかった。まるで親子じゃないか。家族じゃないか。

お前は俺のものなのに。

じりじりと胸の奥が焦げ付いていく。痛くてたまらないのに、その痛みの名を知ろうとするには、アルファとしてのプライドが邪魔をした。


家に帰る途中も、黎は自分からはひと言も話さない。

真冬のお喋りに「ああ」「そうだな」と言うだけだ。

それを気にした真冬が、食材を冷蔵庫に詰め終わってからそっと話しかけた。

「黎」

「んー？」

「なんで怒ってるんだ？」

真冬はいたって真剣なのだが、黎は微笑を浮かべてしまう。

「なぜその顔」

「あのな、真冬」

黎は右手で真冬の頭をそっと撫で、その手をするりと頬に移動させた。

記憶された気持ちのいい指は、真冬の頬をふわりと桜色に染めていく。

「俺はお前のアルファ様だ」

「そうだ」

「俺を放って、どうして別の人間の世話を焼いた。あのまま連れ去られたらどうするる？」

「目の前の駐車場だ。ほんの数メートルしか離れてない」

「……そうは言うが、何かあってからじゃ遅いだろ。いくら俺がアルファだとしても、できることには限りがある」

「黎は、俺のことを物凄く心配してくれたのか……」

「当たり前だ」

黎は腰に手を当てて、威張りながら答える。

「俺の傍にいれば安心なんだと、いいかげん理解しろよ。自分でどこかに行こうとするな。最悪のことが起きたら、俺は一生自分を責め続けるぞ。一生だ、分かったか」

黎は両手を伸ばして真冬の頬をパチパチと叩き、唇を尖らせて不機嫌を露わにした。

八つ当たりなのは分かっているし、自分の言い分が間違っているのも分かっている。

それでも黎は、真冬が自分以外の誰かのために行動することが嫌だった。自分の心の中に芽生えた子供っぽい「独占欲」に翻弄される。

「俺が酷い目に遭ったら、黎は俺のことを……一生……考え続けてくれるのか？」

「多分な。でもどうせ一生考えるなら、生きてるお前のことを考え続けたい」

「三ヶ月経ったら、俺はオメガ風俗で働くんだぞ？」

「知ってる」

「じゃあ、どうして」

真冬は両手の拳を握りしめて「そんなこと、言うんだ」と声を掠れさせた。

「真冬にずっと俺のことを考えてほしいんだよ。気づけよ、バカ」

「その言い方……っ！　いくらアルファ様でも、人をバカ呼ばわりするのはおかしい」

「悪かったよ！　だから、俺のことだけ一生考えてろ！」

「そんなこと……したくても……できない。俺はオメガ風俗で頂点を目指すと決めているし、黎は……どこかの可愛い名門オメガと子供を作って、綺麗なアルファと結婚するんだ。俺たちは……住む世界が違うんだから……」

真冬はその場にぺたりと座り込み、冷蔵庫の扉にもたれて「黎は酷いことばかり言う」と独りごちる。

「だってお前が……っ！　俺の傍を離れたりするから。だから、二度とそんなことをしないように、言い聞かせたくて……っ！」

ああ、なんてみっともない。

これは嫉妬だ。胸の奥を焼くのは嫉妬だ。真冬をいじめて困らせて、それで自分の気持ちが晴れるはずなんてないのに。

「俺……黎の傍にいるよ？　どこにもいかない。ずっといる。黎のこと考える。たった三ヶ月かもしれないけど、ずっとずっと、黎のこと……考える。きっと、黎が俺のことを忘れても、俺は覚えてるよ。だって、俺の体に初めて触れてくれた人だから」

「ああ、もう！　真冬、風呂入ってセックスするぞ！」

「いきなりっ！」

「善は急げだ！」

誰にも渡さなくて済む方法の一つだ。

自分の技巧で真冬を虜にしてしまえばいい。壊れていてもオメガだ。アルファとの相性は最高にいいはずだ。

「何やってんだ俺は」

黎は自分のセリフに笑いながら、真冬の手を力強く掴んでバスルームに直行した。


風呂場なら、どんなに凄いことをしても、シャワーで流してしまえばいい。

黎はボディシャンプーで泡立ったスポンジを片方の手に持ち、真冬のホクロ一つない綺麗な背中を見てにっこり笑った。

「取りあえずは、サクサク洗うか」

「お、俺が黎を洗わなければ」

「いいから。俺は真冬の体を洗いたいの」

「でも俺……」

「真冬、うるさい」

黎は顔を近づけ、真冬の口を自分の口で塞ぐ。

真冬の柔らかな唇を舐め、彼の口腔へ舌を滑り込ませる。

植物が生い茂るバスルームの中でキスをしていると、本物のジャングルで密会しているような気になる。

「ふ……っ」

黎はいったん唇を離し、真冬に呼吸をさせてから、再びキスをした。

キスをしながら、広々としたタイル地の床にゆっくり押し倒し、手にしたスポンジで彼の体を丁寧に洗っていく。

しっかりとした胸から引き締まった腹、そして無毛の股間。

「ん……ぅっ」

脚を大きく広げた股間で、泡だらけのスポンジで下から上へと陰嚢を持ち上げるように優しく動かす。

「あ……っ……黎、そこは……」

真冬が首を左右に振って、掠れた声と吐息を同時に吐き出した。

「勃ってるな。感度は相変わらずだ」

黎は唾液で濡れた彼の唇を舌で舐め、体を起こして微笑む。

「見てくれと、言えばいいんだな、これは」

「そうだよ。アルファの喜ぶことをして」

「ん。分かった」

真冬が黎を見上げて「恥ずかしいところを、全部見て」と言った。

「もっと丁寧に洗ってもいい？」

「いい。黎が触ってくれるなら……」

黎の手に握られたスポンジは、ふっくらと盛り上がった袋から硬く勃起した陰茎へと移動した。根本からくびれまでをくすぐるように撫で上げたかと思うと、露出している桃色の亀頭を円を描くように擦る。

「黎、あっ、そんなふうに刺激されたら、すぐ射精してしまう……っ」

真冬が、亀頭を擦られるたびにびくびくと腰を揺らして、両手で顔を覆った。

「……射精していいよ。そこからが、本当のセックスだろう？」

壊れオメガは、快感で身悶えながら自分を殺してくれと囁くのだ。

愛欲に濡れた目を虹色に濡らして、絶頂の果てに世界から消え去ることを望む。

だが黎は、真冬にそんなことはさせない。

「それとも、もう少し耐えてみる？　きっと凄く気持ちいいはずだ」

スポンジは、今度は足の付け根に移動する。

「我慢、する。黎……っ、あっ、気持ちいい……っ」

真冬は頭のてっぺんから足の爪先まで丁寧に洗ってもらい、温かなシャワーで泡を流していく。

途中で何度も下腹に力を入れて達するのを堪えるところが可愛らしかった。

黎は額から目尻、頬に顎。耳から首筋、そして胸へとキスをしていく。

真冬はタイルの床に寝転んだまま、キスをされるたびに掠れた吐息を漏らして体をよじらせる。

乳首を口に含んで舌先で転がすように愛撫してやると、勃起した陰茎から先走りを滴らせて喘いだ。

「黎、俺ばかりが気持ちよくなって……ごめん」

「いいんだよ、それで。ほら、俺の背中に手を回して」

「ん」

腕を絡ませ密着した体から伝わる互いの心音が心地いい。

「今からうんと気持ちよくなることをするから、射精してもいい」

体温が離れていくのを名残惜しそうにして、黎は真冬から離れ、彼の脚を大きく左右に広げた。

「黎……何をするんだ……？」

「内緒」

そう言って、黎は真冬の陰茎を口に含んだ。

「黎……っ！　あっ、あっ、やめてくれ、だめ、アルファ様が、そんなことしちゃだめだ、俺に奉仕させて……っ」

やめてと言われてもやめるつもりなどない。

オメガの精液はほとんど味がないのは知っているが、真冬のものもほとんど味がない。

先走りを吸って裏筋を親指の腹で扱くと、真冬は「ひゃ、あっ」と可愛い声を上げて腰を揺らした。

ああ、可愛いな。もっといろんな声を上げさせたくなる。

「や、あっ、あ、そこ、だめ、だめ……」

けれど黎はその言葉を無視して、舌と唇で陰茎を扱く。右手ですくい上げるようにして、興奮して持ち上がった陰嚢を優しく揉んだ。

「黎、だめ、も、弄らないで、だめ、我慢できない、出ちゃう、出ちゃう、気持ちよくて、出ちゃうよ……っ」

「まだだめ」

黎は口を離して体を起こし、とろとろに溶けた表情の真冬に微笑んでみせる。

「出させて。黎、も、体の中が熱くて、俺……だめ……」

「少しだけ我慢だ。なあ、真冬。セックスしよう」

すると真冬の蕩けた目が見開かれた。

「俺、ちゃんとするから。三ヶ月、可愛がって、くれ。絶対に忘れない。俺の初めてが黎で嬉しい。俺の中に、早く入ってきて」

「ああ」

初めては黎で、黎の愛撫を体に染み込ませた頃に、今度はどこの誰とも知らないアルファとプレイするのだ。それが、真冬の選んだ道だ。

それもありだろう。オメガが生きていける選択肢は少ない。

「黎。ゴム、つけないで。俺は薬を飲むから、だから……」

脱衣所にゴムを取りに行こうとした黎を止める、真冬の切ない声。

「お前、おい、誰にでもそんなこと言うなよ？　俺にだけだ」

「ん。黎は俺のアルファ様だから……黎の好きにしてほしい。そうされると俺は嬉しい」

腰を持ち上げ、正常位で挿入する。

真冬の後孔は熱く蕩けて、黎の陰茎をゆっくりとのみ込んでいく。

「あ、黎が、入ってくる……」

「辛いか？　痛くない？」

「平気。むしろ……ちゃんとセックスできて嬉しい。黎と一つになれて、嬉しい」

セリフがいちいち下腹にズンとくる。これ以上興奮させないでほしい。

「は……っ」

黎は息を吐くと、真冬の腰を掴んでゆっくりと腰を動かした。

ぴたりと繋がって体液が混ざり合って、愛液が滴る結合部は、粘り気のあるいやらしい音を立てる。

「んっ、は、あっ、ああっ、中、熱い……っ」

いきなり奥を突いても感じるのは苦痛だろうと思い、黎は前立腺のある浅い場所をリズミカルに突き上げた。

「ひゃ、あっ、んんんっ、そこ、なに？　黎……っ、そんな突いたら俺、おかしくなる」

「なれよ。ほら、初めてなのに俺に突かれて中でイッて。射精して。真冬。俺に見せて」

「は、あっ、あっ、だ、だめ、だめだめっ、黎っ、中、気持ちいいっ、黎のペニスが熱くて、強くてっ、俺……っ」

真冬がグッと背を仰け反らせて、勢いよく射精した。

散々焦らされての射精は長く続き、真冬の腹だけでなく床のタイルにまで精液が溢れて落ちる。

ヒクヒクと陰茎が震えて鈴口から精液が零れ落ちていくさまは、いやらしくて煽れる。現に黎の陰茎は硬さを増した。

「ここから、だな」

黎は首を左右に振って額の汗を飛ばし、荒い息を吐いている真冬の額にキスをする。

「黎……俺の体、腹の中がさっきから疼いて、切ない……」

「うん。可愛い壊れオメガ、ここからは俺につき合ってくれ」

「ん？　……っ、ああぁっ！　激しい、黎、そんな乱暴なの………っ！　ああっ、好き、酷いの好き……っ！」

真冬の目が虹色に濡れる。

「もっと酷くてもいいからっ、黎の好きにしてくれ、あっ、あぁんっ、腹の奥まで突っ込んで、揺さぶってっ、苦しいのがいい、アルファ様の、黎の役に立ちたい。嬲ってくれ、好きに嬲って……っ」

その通りに乱暴に突き上げてやると、真冬は「ひゃん」と可愛い声を上げて再び射精した。まだたっぷり精液が残っていたのか、陰茎から滴る量は多い。

「だめ、ちがう……だめじゃない、何度も射精、できるから、役に立つから、黎、俺の中を黎でいっぱいにしてくれ。黎の形にして……っ」

懇願しながら善がり泣く。

ヒートのオメガに似ているように見えて全く違う。

なぜなら。

「黎、好きにしてくれ。酷くていい。黎にされることならなんでも、好き。黎の役に立てないなら殺してくれ……っ、あっ、あ、あ、そんな優しくしないで……っ」

腰を動かしながら、右手で真冬の首に触れる。

貞操帯の感触を確かめながら、右手だけで外していく。

「れ、い……っ、俺、番になれないよ、そんなことしないで、早く突き上げて。酷いことしていいから、そんな、俺は番なんて望んじゃだめなんだから……っ」

真冬が弱々しく抵抗するが、難なく黒革の貞操帯を外した。

露わになった首が裸になるより恥ずかしいのか、羞恥を感じながら興奮しているのか、真冬がきゅっと体内の黎を締め付ける。

「触らないでくれ……っ、だめ、そこは……っ、ひゃっ、あっ、あああああっ！」

白い首筋に顔を埋《うず》めて味見をするように何度も舐めてやると、真冬が体を震わせて声を上げる。

首筋を舐めただけで何度も達し、甘噛みしたら失禁した。

「だめっ、だめだから……ここ、だめなの、も、頭がおかしくなる……っ、黎、だめ、許して、許して……っ、何もしないでくれ……っ」

普通のオメガにはない反応だ。

番のないオメガは、相手が優秀なアルファであればあるほど、喜んで首筋を差し出す。なのに壊れオメガはどうだ。

意識が飛ぶほど感じて、恥ずかしい姿をさらして「やめてくれ」と許しを請う。

『アルファ様の心得読本』だと、壊れオメガは好きに首筋を噛んでいいと書いてあるのに」

「それ、知らない……っ、ここ、だめ、いっそ、殺して、感じすぎて苦しい、黎、死にたい、もうだめ、殺してくれ」

虹色の目に懇願されて心が揺れる。

頼まれたなら仕方がないと、真冬の首に両手をかけたところで我に返った。

「くっそ……違うだろ。俺がしたいのは……」

「黎……っ」

「うん。苦しいなら、気絶していい。それが楽だ。こんなに敏感になって辛いよな？」

「黎の役に立てなくてごめん。だから殺して……酷いことして、殺して」

「ああ。今から酷いことする」

真冬の虹色の目が鮮やかになった気がしたが、もう、心は揺らがない。

黎は、いったん真冬の中から陰茎を抜いて、うつぶせにした真冬の体をタイル地の床に押し付けた。

「お前の目。それは、なんだ？」

「なに？　何かおかしい？　俺……分かんないよ」

真冬が『アルファ様の心得読本』と共に持ってきていた壊れオメガの研究資料は、ずいぶん昔のものだった。まとめられた研究の奥付に書かれた発行年は五十年も前だ。最先端の科学者である父が、そんな古い資料を黎に寄越すはずがない。なのに用意した理由は一つ。それしか存在しなかったからだ。

研究できるほどの壊れオメガが存在していたからこその資料だろう。迫害されたとしても、オメガ性の一つが壊滅するまで追い詰められるか。壊れオメガが都市伝説的存在になった訳は……。

ぞくりと、冷や汗が垂れた。

続きは後で考えると決めて、普段は「スーパーアルファっていわれてもなあ」と暢気にしていた自分の血筋を、今ばかりは頼りにした。

アルファがオメガに屈することはありえない。

だから真冬は決して死なない。

「酷いことする？」

「うん」

黎は曖昧に頷いて、真冬の腰を掴んで背後から挿入する。

受け入れるためにすっかり準備が整っていた場所は、黎を喜んで受け入れた。

「あ、黎の、入ってきた。嬉しい。黎、嬉しい……、俺の中、気持ちいい？」

「ああ。最高だ」

「俺も。俺の初めてが黎で凄く嬉しい。このまま死にたい。気持ちいい。黎、このまま、俺のこと殺して。気持ちいいまま酷いことして……？」

腰を掴んで乱暴に突き上げても、真冬は可愛い声を上げて物騒な言葉を吐く。

ああ、たまらない。

繋がった途端に嬉しそうに吸い付いてくる真冬の肉壁に、感嘆の吐息が漏れる。

アルファとオメガは互いのフェロモンにあてられて激しいセックスを何度でも行う。

互いにしか理解できない性衝動のフェロモンに酔い、快感の極みに達する。

だったらこれは、今自分たちが行っている行為はなんなのだろう。

「あ、あっ、は……っ、黎、凄い、いい、気持ちいい……っ、奥まで突いて、酷いことしてくれ……っ」

「くっそ……っ」

黎は、目の前の白い首をきつく締め上げたくてたまらない殺人衝動に耐える。

自分の中に突如として現れた衝動が、脳を支配していく感覚があった。

このまま首を締め上げていけば、真冬はどんな声を上げてくれるだろうかと、それを考えるだけで背筋からゾワゾワと快感が駆け上がる。

アルファの本能が、射精から殺人へと書き換えられていく。

可哀相《かわいそう》なことをしてやりたい。うんと酷いことをして、どうしようもないほど可哀相な存在にしたい。

「黎、黎……っ、俺、こっち、弄ってもいい？　両方、気持ちよくなって、だめになりたい。だめ？　だめですか？」

股間に右手を伸ばそうとする真冬に、「だめ。俺の言うこと聞いて」と興奮して上ずった声で言ったら、真冬はぎこちなく首を回して、虹色に潤んだ目で黎を見て嬉しそうに「うん」と頷く。

ああ、可愛い。誰かが背後で囁くような気配がする。誰も存在しないのに「アルファなら請われたことを実行しろ」と囁く。ああ、そうだな。このまま、くびり殺してやろう。一度で窒息させない。何度も首を緩めて呼吸をさせて、じわじわと酷い苦しみを与えてあげよう。だって真冬もそれを願っている。

待て、違う。したいのはそんなことではない。酷いことなんてしたくない。可愛がって優しくして、二人で気持ちのいいセックスをしたいだけだ。それ以外のことなど必要ない。

指図をするな指図をするなアルファの本能を覆そうとするなオメガは保護するもので殺すものではないどんなオメガであろうと同じだ。

アルファの本能を支配しようとするな……っ！

なけなしの本能を掻き集めて脳内でわめき散らした。子供が床に転がって駄々をこねる図（あれは素晴らしい本能の行動だと思う）を想像したのがよかったのか、突然頭の中がスッキリと晴れ渡る。

「は……っ」

我に返った黎は射精後のような脱力感に見舞われた。自分の両手は真冬の腰を掴んでいたはずなのに、今は彼の首にかかっていた。

何をしようとした。

冷静になった途端に滝のような汗が流れる。

「黎……？」

「ん。大丈夫だ。すぐ気持ちよくしてやるよ」

真冬を安心させるために優しい声を出す。

我に返ることができて本当によかった。アルファの我の強さが出て幸いした。そう

でなかったら今頃はとんでもないことになっている。

「どんなふうに気持ちよくしてやろうかな……」

「なんでもいい。黎がしてくれることは全部嬉しいし、感じられる。酷いことしていい」

セックスで物騒なセリフを吐く。だったら次は、首を噛んでやろう。

アルファとオメガが番になるための行為をしたら、何かが変わる可能性がある。

壊れオメガでも、オメガならきっと。

甘い息を吐く真冬の首が目の前。

黎は勢いよくそこに噛み付いた。

「ひっ、あ、あああああっ！　ひぐっ、あっ、いやだ、いやだ、いやだぁ……っ！」

真冬が悲鳴を上げてもがいても、やめるどころか乱暴に押さえ付けて一層強く噛み付く。

「嫌だ」と泣きわめく真冬を噛んで屈服させて、快感を求めて力任せに突き上げていると、真冬が悔しそうに「だめだ」と声を掠れさせて射精した。

その、悔しそうな声に興奮した。

口の中が鉄臭い血の味でいっぱいになったらそれを飲み干し、再び噛み付いた。

「や、やだ……っ、だめ……っ、苦しい、こんなの……だめだ……っ」

「黙れ」と言って何度も闇雲に噛み付きながら、自分本位に腰を振って、ようやく真冬の中に射精する。

「……くっそ」

手の甲で血を拭い、酷いありさまの首の傷を見下ろした。

さっきのうっとりとした殺人衝動と違い、今はとにかく胸くそ悪い。

「酷い傷だ」

セックスで死を願う壊れオメガの本質が、これで変わるとは思えないが、思いついたことは試してみたかった。

「手当て、ちゃんとしような」

指先で傷口にそっと撫でると、真冬が息をのむのが分かった。

「……黎」

「ん？」

「怖かった……」

「うん」

湊をすすりながら「怖かった」と繰り返す真冬の頭を、黎は優しく撫でてやった。

真冬に関する報告8

取りあえず、他の壊れオメガを受け入れたモニターたちの話を聞きたい。

それと、壊れオメガの研究資料の最新が五十年も前なのは、もしかして、アルファの研究者たちが、研究対象の壊れオメガをみんな殺してしまって研究が中止になったからか？

そんな危ないものを、俺に預けてどんなつもりですかね、クソオヤジ。

それとも、俺が踏みとどまることも計算の上か？　俺は父さんの手のひらの上で踊るサルかよ。腹立つな。

腹は立つが湧き上がる好奇心には勝てない。アルファはタフだが、その中でも俺はかなりタフなアルファだと思う。スーパーアルファ様だし。

真冬の首には黒い貞操帯でなく白い包帯が巻かれている。

黎の噛んだ傷は深く、なかなか治らないのだ。

この状態で外出すると、真冬は周りの人々から「番ができたばかりのオメガ」として見られる。

番となったアルファとオメガは、互いのフェロモンしか感じなくなるので、もともとフェロモンの出ていない真冬が「番のいるオメガ」に化けることができるだろう。

「真冬。包帯を取り換えるから、こっちに来い」

救急箱を持って手招きすると、真冬は視線を泳がせてから「やっぱり神崎先生に来てもらおう？」と言う。

首を噛んだ日の夜からそう言った。

「俺の手当ては嫌なの？」

「そうじゃない！　黎に手当てしてもらうのは嬉しいけど……その」

「なに」

「首を触られるのが……怖くて。こんなこと思っちゃいけないし、黎は俺のアルファ様だから、アルファ様にしてもらうことはなんでも嬉しいはずなのに……」

観葉植物の陰に隠れて「怖くてごめん」と言う真冬が可愛い。

噛み傷をつけてから数日経つが、可愛さは増していくような気がする。

「あー……真冬は気にするな。俺が悪いのは当然なんだから。でも、手当ては絶対に俺がする！」

笑顔で追いかけたら「ギャッ」と悲鳴を上げて逃げる真冬が可愛い。子供のような鬼ごっこを始めて、結局最後は真冬が負ける。

中庭に面した廊下の片隅に真冬を追い詰めて「手当てだ」と言うと、観念したようにその場にずるずると座り込む。

「も、噛まない？　手当てするだけ？」

「そうだよ。消毒して、薬を塗って包帯を巻くだけだ」

「じゃあ、我慢する……」

そもそも真冬の首には、新たに噛む場所などなかった。

生命の危機に至ることはないが、自分でも酷い噛み傷だと思う。これが塞がって傷痕になるには一ヶ月はかかるような気がする。

救急箱を開けて中から消毒用アルコールを出し、脱脂綿に含ませて傷口に押し当てた。

「あっ、あ……」

消毒しているだけなのに、真冬が目尻を赤く染めて喘ぐ。

丁寧にゆっくりと余すところなく消毒していくだけで、ハーフパンツ越しに真冬が勃起するのが分かった。

「黎、いい？　俺……いつもみたいに、していい？」

「うん。傷口の手当てをしている間、オナニーしてて。アルファは、敏感なオメガが好きなヤツが多いから、客にもきっと喜んでもらえる」

すると真冬が、何か言いたそうな表情で黎を見つめたが、結局何も言わずにハーフパンツと下着を太ももまで下ろして、陰茎を扱き始めた。

「ん、ん……っ」

「声、ちゃんと聞かせて。できるよな？」

傷の消毒を終えた黎は、薬を塗り込むために自分の両手も消毒する。

チューブから白いクリーム状の薬を出して、真冬の傷口に指の腹で塗った。

「あ、あっ、……強く動かされると、怖い。黎、優しくしてくれ、優しく」

「こう？」

慎重にそっと、円を描くようにして指を動かしたら、真冬が「んんっ」と善がって陰茎を扱く。

「傷口を弄られて感じる？」

「違う。怖い。怖いけど、黎の指だから……っ。黎の指、気持ちよくて……っ、あっ、あ」

「手当てが終わるまで射精するなよ？　ちゃんと我慢できたら、膝の上に乗せて可愛がってやるから」

「ああ……、俺のこと可愛がって……、あれ、好き。黎とぴったりくっつくの好き」

「うん。俺も」

傷が治るまできっと毎日こうするんだろう。

だから、真冬が事務所に戻る前に傷は綺麗に塞がってほしい。誰かに手当てをしてもらっている真冬は見たくない。

「今度は包帯を巻くからな」

「ん」

顔を上げた真冬の額にキスをしたら、「恥ずかしいから、それ」と真っ赤な顔で怒られた。

「もっと凄いことをしてるのに？」

「だって、キスって……特別だと思うから。黎はやり慣れてるかもしれないけど……」

「まあ慣れてるけど、自分からしたいって思うことはあんまりない」

「ほんと？　そうか、俺、嬉しい……っ、あ、黎、は、ぁ、ああっ！　嬉しくて、俺、も、だめぇ……っ！」

「ごめん」「ごめんなさい」と言いながら射精する真冬に、黎は「いいよ。可愛かったから」と言ってやる。

「ほんと？　俺、黎に喜んでもらえてよかった」

「ちょうど包帯も巻けたし…………って、ん？」

嬉しそうに見上げてくる真冬の目には、なんの変化も見られない。

潤んではいるが、それだけだ。どこにも虹色は見えない。

「…………よし」

「何が『よし』なんだ？　黎」

「んふふふ、まあ、あと何回か試してから教えてやってもいい」

「え！」

「それより、ほら、ベッドに行こう。エロい真冬を見てたから、早く可愛いことをしたくなった」

「酷いことじゃなく……？」

「ああ。真冬が可愛くなることをいっぱいしたい」

すると真冬がいきなり抱き付いてきて、「俺も、黎に可愛くされたい」と言った。

「お前……な」

その言葉で、俺が死ぬ。別の意味で死ぬ。

黎はそう言いたいのを堪えて、真冬を抱き上げるとベッドに急いだ。

今年の梅雨は遅く、先日ようやく梅雨入り宣言となった。

「夏至に梅雨入りなんて意味が分からない」

デジタルニュースには、以前も夏至に梅雨入りはあったそうだが……と文章が続いているが、黎はそこで読むのをやめた。

「天気は週末から徐々に崩れていくそうだ。洗濯物は外に干せなくなるが、庭の草花にはちょうどいいんだろうな。俺が植えた種も、ずいぶん成長した。早く蕾が見たい」

「……確かジニアだったよな？　本格的な梅雨になる前に鉢に植え替えて、軒下に移動させた方がいいな」

羽瀬川家の立派な庭に生えている花は、ピオニーやスズラン、クリスマスローズ、ゲラニウムといった多年草が殆どで、黎も種を買ったのは、小学校の宿題で植えた朝顔以来だった。

あと、ガレージの壁を彩る赤に桃色の滴が散ったような愛らしいバラがあるが、あれは父が母のために交配を重ねて作ったものだ。父は「市場に出さない愛の形だよ」と自信満々に言っていたのが悔しくて、自分も密かに交配の研究をしている。

海外の大学に在学中から、父とは違うヨーロッパの研究所と提携していて、去年「クラウドスノウ」という名のバラを完成させた。色は灰白色で地味だが香りはいいので、香水の原料とされることが決定している。

「バラか……」

真冬がバラなら、その名の通り白いバラが似合うだろう。白は誠実さにも通じる。もっとこう、青みを帯びた白……と考えて青バラを作り出す難しさに低く呻いた。

「どうした？　黎。腹が減ったのか？　少し早いが、晩飯にする？」

「いや、その、長雨の前に、夜遊びしに行こうか？」

口から出た言葉に、黎は自分でも驚いた。

真冬のモニターなら家の中だけで充分だし、その方が危険はないのだ。

「以前昼間に、一緒にデパートに行ったときみたいなことをするのか？」

「うん。『よるのゆうえんち』ってイベントもやってるし」

すると真冬が目を丸くして両手を振り上げた。

「テレビのCMで見たヤツ！　あれ、楽しそうだったんだよ！　楽しみだ！」

自分の適当な提案に、そんなに喜んでくれるとは思わなかった。

夜の駅に向かって歩いているのは、疲れた表情のサラリーマンや居酒屋に向かうOLたち。塾のロゴが入ったバッグを背負って走る子供たち。

それとは逆に駅から離れて案内の標識を目指す者たちがいる。

平日の夜……とはいえ金曜日の夜なので、家族連れもいた。

「考えることはみんな同じかよ」

「夜の街に子供がいる……。夜の街は大人のものだろ。子供は寝てればいいのに……」

ため息をつく黎の横で、真冬が驚いて瞬きする。

「こっちは、大人と一緒なら出歩いてもいい夜の街だ。ほら、あそこが入場ゲート」

黎は真冬の右手を掴み、足取りも軽やかにゲートに向かった。

みな、眩しい電飾と明るいテーマ曲に誘われてゲートの中へ入っていく。

陽気な音楽と笑顔で出迎えるキャストたち。

キャストたちは分け隔てなくみなに笑顔をふりまく振りをして、電飾に輝いている黎を見つめている。

来園客の中には「あの人綺麗」「格好いい……やっぱアルファかなあ」という声も聞こえてきた。

自分の美しさを分かっている黎は、そんな声は「いつものことだ」と無視をして、真冬を連れて歩く。

「スマホでチケットを買っておいてよかったな。チケットゲートが滅茶苦茶混んでる」

「え？　この中？」

真冬が、左手でパンツのポケットに手を入れてスマホを取り出した。

「そう。俺が買った。ゲートにタッチするだけで中に入れるからな。乗り物に乗るときもスマホでタッチだ。なくすなよ？」

「ありがとう」

のまれるように入園していく客たちと同じように、黎も真冬もスマホをゲートにタッチする。

大観覧車が遠くにそびえ、ジェットコースターからは悲鳴が聞こえる。

幻想的に輝くカルーセルの写真を撮る者や、カルーセルと一緒に写真を撮る者。手動オルガンと共に現れたキャストたちは子供たちに風船を配った。キラキラ光るカチューシャやペンダントをつけたカップルは、子供のような笑顔で「よるのゆうえんち」を早くも満喫している。

「それと、具合が悪くなったとか、トイレに行きたいとか、腹減ったとか……他にもいろいろ、ちゃんと俺に言えよ？」

すると真冬は「うん。ちゃんと言う」と笑った。

首に巻いた包帯がまだ痛々しいが、黎の左腕にそっともたれて嬉しそうだ。

「うわ、オメガだよ。首に包帯巻いてるし！　俺初めて見た。普通の男じゃん」

真冬の首の包帯を見て、中学生ぐらいだろうか、一人の少年が騒ぎ出した。

「マジか」

「冗談で首に包帯なんて巻くかよ。あんなん、自分はオメガって言ってるようなものだろ」

中学の保健体育の授業で番の話を聞いたばかりなのか、少年たちは露骨な好奇心で真冬をじろじろと見つめた。

「こいつら男女関係なく妊娠するんだろ？　キモ」

「ははは、そう言うなよ。このお兄さんが可哀相じゃん」

「………って、あれ？　そしたら、じゃあ……隣にいるのは、もしかして」

少年たちが途端に口を閉ざした。

「ベータのガキが何を好き勝手言ってるんだか」

はい、当然オメガの傍にはアルファ様がいますよ。

黎はベータの少年たちを見つめる。睨みもしない。ただ黙って見つめるだけだ。

事情を知らない入園客たちは、黎を見て「綺麗ね」と言い合いながら彼らの傍を通り過ぎていった。

成長したベータならともかく、少年のベータに、世の中の頂点に存在するアルファの威圧は耐えられない。ただ見つめられているだけで酷い劣等感に苛まれていく。

ベータの少年たちは誰に助けを求めることもできずに頭を垂れた。

気の弱い少年など「すみませんでした」と謝罪さえした。

彼らはアスファルトの地面に冷や汗を垂らしながら、絶望的な表情を浮かべて、ぎこちなく後ずさる。

「黎、俺は大丈夫」

真冬が声を発して黎の視線が逸れた瞬間、少年たちは力を振り絞ってその場から逃げ出した。

「もう少し見つめていれば、あいつら漏らすところだったのに」

「そんな意地悪はしなくていい。可哀相だ」

「じゃあ、お前は可哀相じゃないのかよ」

「黎が傍にいてくれるから大丈夫」

真冬が一瞬、何かを諦めたような曖昧な表情を浮かべ、慌てて微笑んだ。

「だったらいいけど。観覧車乗るか？　あの大きいヤツ」

唇を尖らせてそう言った黎は背後から、「羽瀬川！」と声をかけられた。

振り返ると、そこには同じゼミの友人が二人立っていた。

「まさかこんなところで会えるとは～っ！　今メッセージ送ろうとしてた！」

「吉田《よしだ》、暑いから離れろ。あとキモい」

スマホを手に泣き顔でしがみ付いてきた友人をバッサリ切り捨てて、もう一人に笑顔で「よう、山崎《やまざき》」と挨拶する。

「そいつ、レポートに必要な日のノートを借り忘れてたみたい。バカだね」

「そうなんだよ！　こないだ俺が休んだときのノート！　画像にして送って！　それでレポートが完成するっ！」

せっかく遊びに来たのに……と思ったが、「よるのゆうえんち」のメディアCMは誰もが心躍る演出で、ここで大学の友人に会うことだってあるさと、不満を笑いに変えた。

「マジか。面倒くさい」

「そうそう。ただで貸すなよ、羽瀬川。三つ星寿司店のディナーと交換にすればいい」

「ちょ、山崎、それは難しいって。うちの両親は、学生のうちはベータの世界を学べっていうタイプだから、三つ星は無理だ。一つ星で」

「なんだよ、そのオチ…………って、俺たちだけ喋ってごめん」

「いや、平気」

黎は、いつもの友人たちのノリに笑顔で応える。

「ノートはスマホに画像を送ってやるよ。それと、寿司店のディナーはありがたく受け取る。楽しみだ」

「任せろ〜。お前ももう少し頻繁に顔を出せよ。見目麗しいスーパーアルファ様がいないと、ゼミが寂しい」

「よく言うよ。自分たちもアルファのくせして」

黎は笑いながら突っ込みを入れ、それを聞いた彼らも笑う。

「じゃあ俺たちはこれで行くわ。ベータ女子とお化け屋敷で待ち合わせてんだ」

「遊びはほどほどにしろよ？　じゃあ、またな」

手を振りながら離れていく友人たちに、黎も適当に手を振った。

「……あの人たち、俺のこと、何も聞かなかった」

「それがアルファ同士の礼儀だからな」

何も聞かない、ではなく、正確には番になったオメガを無視する、だ。

黎の友人たちは真冬のことを「黎が番にしたオメガ」と認識した。

アルファは、他のアルファが連れているオメガの詮索をしない。というか、すでに他人のものになっているオメガに興味がなく無視をする。

「俺は普通のオメガに見られたのか。そっか、普通のオメガか……」

「それよりも、あいつらもなかなかの名門アルファなんだが、全くフェロモンを感じなかった？　性衝動は起きなかった？」

「何も感じなかった。黎に気軽に話しかけたからアルファなんだと思っただけだ」

「本当にアルファが分からないんだな。今更ながら驚きだ」

「俺もだ。……みんな同じ人間に見えるよ」

「別の世界に生まれればよかったな」と、言いかけてやめた。

この世界だからこそ真冬と出会えたのだ。黎はそれを否定したくなかった。

「真冬は俺から離れるなよ？」

「おう。離れない離れない。またベータの子供に絡まれるのは面倒だし」

おどけて言ってから「ちょっと怖かったから」と付け足した真冬に、黎は「ほんと、絶対に離れるな」とだめ押しする。

「頼もしいよ」

「だろう？　俺はスーパーアルファ様だからな。じゃあ、観覧車に乗るか、観覧車」

「乗る。俺、こういうところに来るの初めてなんだ。両親が家族で移動するときに俺を連れていくのを嫌がったからさ。仕方ないって分かってるけど、いつも家で留守番するのは辛かったな」

えへへと笑う真冬に、「笑うな」と言った。

「それは、笑って済ませる話じゃない。くそが」

「口が悪いな、スーパーアルファ様」

「うるさい。……よし！　初めてならとことん楽しむぞ。観覧車に乗る前に、期間限定の『よるチキン』『よるドッグ』を買う。食べ終わったら園内列車に乗って園内を一周して、お化け屋敷に入って、カヌーで湖探索だ！」

「盛りだくさんだな……」

「それぐらいしても足りてないから」

「そっか。うん。楽しみだ」

思う存分楽しんで、子供の頃の思い出はすべて上書きしてやる。

黎は心の中でそう誓いを立てて、真冬を引っ張って限定スナックが売っているワゴンに向かった。


「目が回る……」

生まれて初めてのジェットコースターに乗った真冬が、ベンチに腰掛けて両手で顔を覆った。

期間限定の「よるのアトラクション」が楽しすぎて、常設のジェットコースターは最後の回になった。今は周りに人がいない。

そうなると遊園地もずいぶん静かなものだ。

向こうで係員が「お疲れさまでしたー!」と元気な声を出しているのが聞こえる。

「『よるの真っ暗フライングカーペット』と『よるの真っ暗トレジャーハント』にも乗ったろ? 目が回る程度で済んでよかったよ」

「黎は平気なのか?」

「俺は絶叫系や縦横無尽に動く系は平気。というか好き。どんな構造か興味が湧くんだ。ほら、水」

具合の悪いときに味のついたものは飲まない方がいいと思い、ベンチ横に設置してある自動販売機で水を買い、蓋を開けてから真冬に渡した。

「ありがとう。……でも俺、目は回ったけど楽しかった。特にさ、やっぱり観覧車って特別だと思う」

六人掛けの大きな観覧車は、一台につき一カップルか一家族しか乗せないので長蛇の列だった。黎は真冬と列に並んで、周りから「綺麗なアルファが並んでる」「つか、アルファも列に並ぶのか」とざわつかれたのを思い出す。

「遠くの街まで明かりが見えてさ、小さな明かりの一つ一つに人が住んで生きてるんだなって思ったら、それを見下ろしてる俺は凄いって思った」

笑いながら「なんだよ、それ」と言ったら、真冬が笑顔で話を続ける。

「ビルの明かりや家の明かりは似てるようでみんな違ってて、天の川みたいで凄く綺麗でさ、俺は黎とそれを見られて凄く嬉しい」

まるで子供の感想だ。

だが黎は茶化《ちゃか》さずに「よかったな」と言う。

「モニターが終了して事務所に戻る前に、また黎と来られるといいな」

「そうだな」

包帯を巻いた首のまま、真冬がささやかな願いを言った。

分かっていたはずなのだが、いざ彼の口から「モニター終了」の言葉を聞くと黎は複雑な心境になる。

「やっぱりオメガ風俗の仕事をするのか？　それが悪いって話じゃなくて、自分に向いてると思う？」

水を飲もうとしていた真冬に訊ねたら、唖然とした表情を向けられた。

「向く向かないの話じゃない。俺はその道で生きていくと決めたんだ。博士たち経営陣がモニターの意見を集計して、それから事務所の方針が決定すると聞いた」

「は……ははは。そうだよな」

「うん」

真冬は掠れた声で言うと、水を一口飲んだ。

「俺は、結構物覚えがいいから、黎との生活は忘れない。世の中にはこんな楽しいことがいっぱいあると分かってよかった」

「そっか。……仕事に慣れて余裕ができたら連絡しろよ。山の別荘に遊びに行こう」

なのに真冬は何も言わずに不機嫌な表情を浮かべる。

「……変なヤツ」

黎は真冬の頭を撫でて笑った。

「変じゃない。黎は酷い……」

真冬が文句を言ったそのとき、彼らの後ろから少女たちの悲鳴と男たちの怒号が重なった。

どうやら、一緒に遊ぶかどうかで揉めているらしい。

高校生ぐらいの少女たちは、こちらに向かって走ってきた。男たちがその後を追う。

ベータの少女の中に、一人オメガが交じっていた。

「なんだ、あいつら」

また子供の面倒事かと、黎は顔をしかめながらもベンチから立ち上がる。

少女たちの顔は恐怖で引きつり涙を浮かべていた。

「ごめんなさい、すみません。助けてください……！」

オメガの少女が黎を見上げて、本能で黎の後ろに隠れる。オメガは、こんなふうにアルファに助けを求めることを許されている。

残りのベータの少女たちも、「私たちは帰ろうとしたのに、しつこく遊ぼうって言われたんです！」と、彼女に倣うように黎の背後に隠れた。

「黎……」

真冬が「助けてあげてくれ」と囁く。

「分かってるって。これはアルファの義務だからな。俺がひとまず保護するさ。……ということなんで、あんたらは他の女子と遊べばいい」

宣言する黎に、男たちが「ふざけんな！」と声を荒らげた。

少女の一人が「警察！」と言ってスマホを掴んだが、もう一人の少女が「親に内緒で来たから怒られる！」と泣きそうな顔になる。

うんうん、親に内緒にしたい年頃なのは分かるよ。楽しいんだよな、内緒って、と黎は心の中で少女たちに頷いてやった。

「パッと見、あんたたちは二十代半ばのベータに見えるんだけど、未成年相手に何をしようってんだよ」

「はあ？　アルファだかなんだか知らないけど、ガキにそんなこと言われる筋合いないんだよっ！　邪魔だ、どけっ！」

男の一人が黎を威嚇する。

他の男も「こっちの方が人数多いって知ってる？」と煽った。

だが黎は気にもとめない。

「無能なベータは最悪だな。社会の歯車でさえない。鬱陶しい。…………失せろ！」

キンと夜の空気が張り詰める。

さっきまで息巻いていたベータの男たちは、目を見開いてガクガクと足を震わせた。

「お前らの周りにはアルファがいないのか？　俺が失せろと言ったら失せろ。それとも跪いて許しを請うのか？」

黎が呆れ顔で小さく笑うと、ベータの男たちが顔を赤くして「うるさい！」と怒鳴る。

「ベータの衝動があるだろう。本能の衝動だ。アルファに従う、社会の歯車として生きるという本能には従ってほしいな。引き際をわきまえないと酷い目に遭うのはそっちだぞ？」

黎が一歩前に出ると、ベータたちが一歩下がる。

だが一人のベータだけは「俺の父親はアルファだ！」と叫んで黎に殴りかかった。

「お前……ほんと、バカだな」

だが黎は、殴りかかってきたベータの拳を難なく避けて、力任せに殴り飛ばす。

「俺は頭を使う方が得意だから、力の加減なんてできないぞ？　もしどこか骨を折っていたら、病院ではアルファと喧嘩しましたって言えよ。笑われるから」

殴り飛ばされたベータは低く呻き、「なんだよ！」掠れた声を上げるが起き上がれない。

「大丈夫か？　黎。どこか痛いところはない？　腕……振りきってただろ？」

真冬が黎の右手に傷がないかどうか両手で丹念に調べた。

「大丈夫だよ。いい感じに体重が乗った。というか乗ってしまった感じ。……ほら、お前らはどうする？　続ける？　それとも大人しく立ち去る？」

警察を呼ぶを選択肢に入れなかったのは、少女たちのことを考えてだ。

「俺は別に、お前ら全員を殴り飛ばしても構わないんだが」

アルファの身体能力は、ベータの比ではない。

こんなところでそれを確認するとは思っていなかったが、相手が向かってくるなら受けて立つと、もう一歩足を踏み出した。

「くそ……っ！」

彼らはそれ以上の悪態をつけずに、殴り倒された仲間をようやく抱き起こしてその場を立ち去った。

捨てゼリフが一つもなかったのが物足りないが、これで少女たちの無事は保証される。

「よし。取りあえず、出口まで送ろう。そこからタクシーに乗って帰りなさい。料金は俺がオメガ一時保護として払うから心配はいらない」

黎を見上げた少女たちの頬は赤く染まり、目は夢見る乙女になっていた。

見惚れてしまうのは分かるが、問題はオメガの少女だった。

「あの、これからも保護していただけますか？　私、まだ、その、番の相手がいませんー」

何か言いたそうにして言えずにいる真冬の頭を優しく撫でて、黎は少女に微笑んだ。

「うん。でも俺ができるのは一時的な保護だけだ。番は一人でいい。ごめんね」

「そうですか……。残念です」

「君は高校生かな？　これからいろんな出会いがあるから、そのときに番の話をすればいい。さあ、帰るぞ」

引率の保護者よろしく、黎は手を叩きながら少女たちを入り口へと連れていく。

幻想的なカルーセルまで歩くと、園内の音楽が寂しい曲へと変化して、他の園内の客たちに閉園を告げていた。


黎は少女たちを乗せたタクシーの運転手に自分の身分証を見せて、オメガ一時保護の書類にサインをした。

「ありがとうございます！　羽瀬川さん」

少女たちは親に叱られることよりも安心して帰宅できることに安堵し、何度も黎に感謝を述べた。オメガの少女だけは最後まで「番の一人にしてくれませんか？」と粘ったが、黎は笑顔で「ごめんね」と言った。

彼女たちを乗せたタクシーが、通りの最初の角を曲がるところまで見送って、歩き出す。

遊び疲れた子供を抱いた家族連れや、これからのことに思いをはせる恋人たちが、最寄り駅を目指して歩いていく。

「子供の世話は大変だ。どこかでコーヒーでも飲んでから帰ろう」

「そこの自販機にコーヒーが売ってる」

遊園地のゲートの外にちょこんと設置されている自販機と、セットのようにベンチが置かれている。

コーヒーにこだわりはないので、「そうだな」と言って自販機に向かった。

「黎って強かったんだな。踏み込みが……凄かった」

二人で仲良くベンチに腰を下ろし、冷たい缶コーヒーで喉を潤す。

「子供の頃は誘拐対策で護身術を習っていたし、成長してからは普通にトレーニングしてたから。アルファはそういうヤツらが多い」

「そうなんだ。だから、平然としていられたんだな。よかった」

「なんだかんだで他人に絡まれることも多かったしな。特に俺は二年前まで海外にいたから、東洋人のアルファってだけで現地のベータに難癖をつけられることが少なくなかった」

「海外で黎が無事で本当によかった」

「人種は違ってもアルファ同士の差別はないから、その点は平気だった。それ以外のうるさい連中は、拳で黙らせ……たりしてないので、そんな顔をするなよ」

話している途中で真冬が眉間に皺を寄せたので、黎は笑いながら彼の頭を撫で回す。

「いくら強くても、ピストルには勝てないんだから、そこは気をつけた方がいい」

「分かってる。どこにでも、自分の本能に逆らう連中はいるからな」

黎は飲み終わった缶を自動販売機のゴミ箱に入れて、戻りながら言った。

「そう！　それ！」

真冬が大きな声を出す。

「さっきも、ベータの男が殴りかかってきた！」

「うん」

「俺……黎のために何もできなかった！」

「何もしなくていいから」

「いやそれはだめだろう？　俺は黎に助けてもらってばかりいる。なのに、だめなヤツという顔をせずにいてくれた。俺に優しくしてくれて……その、気持ちのいいことをいっぱいしてくれた。俺が奉仕しなくちゃいけないのに、殆ど何もできなかった」

「それは、うん、俺は真冬とセックスしたかったからいいんだ。俺も気持ちよかったし、真冬が感じてる姿も可愛かった」

自動販売機の明かりに照らされながら、ベンチに腰を下ろして、誰かに聞かれたらギョッとされそうな会話を淡々とする。

ずいぶんと非現実的な光景だ。

「俺を単なる『商品』と見ないで、世話を焼いてくれて嬉しかったよ。俺を保護してくれた博士だって『食事や風呂はフロアにあるものを好きに使ってね』で、たまにしか会えなかった。ずっと傍にいてくれたのは黎だけだ。だから……同い年なのに、甘えたくなったのかな」

真冬の、缶コーヒーを掴んでいた両手がわずかに震えているのが分かった。

黎はその手に自分の左手をそっと重ねる。

「俺でいいなら、いくらでも甘えて」

「はは。そう言うと思った。……だったら俺は、黎に何がしてあげられるんだろう。俺は身一つだからセックスで気持ちよくさせてやればいいんだけど、まだ初心者の域だし。これからもっと勉強しないとな」

「なんで泣くの」

真冬はそこまで言って息をのみ、いきなり涙を零した。

「あ、あれ……？　なんで俺は泣いてるんだ？」

両手で真冬の手を包み込んでやると、真冬は「黎のことを考えると、胸の奥が苦しくて、どうしていいか分からない」と、涙も拭わずに思いを口にする。

「真冬」

「お、俺は黎が凄く大事だから。黎と一緒にいると楽しい。思い出をいっぱい作ってくれてありがとう。この先、何があってもこれで頑張れる」

「何言ってんだ」

「俺は事務所に戻ったら、仕事でいろんなアルファに一夜の夢を届けるようになる。いつか黎が、お客様として俺を指名してくれることもあるかなってぼんやり考えてた。これは仕事と割りきることは大事だと承知しているんだけど……」

真冬が両手で缶コーヒーを握りしめて、「なんで今頃こんなことに気づくんだろう」と泣きながら笑い出す。

「黎が好きだ。今だけでいいから言わせてくれ。俺は黎が好きなんだ。やっと分かった。壊れオメガが恋の話なんてしてごめん。いっぱい噛んでくれたのに……番になれないのが悔しい。せめて子供を産めたらと思うけど、壊れオメガの子供じゃ迷惑をかける。勝手なことを言ってごめん。でも今しか言わないから。明日になったらいつもの俺に戻るから」

真冬が笑顔でボロボロと涙を流す。

「俺……黎の番になりたかった……っ！」

黎が泣かした。

痛々しい涙だ。けれど黎の胸の奥は、優しく絞り込まれるような切なくて甘い気持ちに包まれる。

愛しくて可愛くて離せない。真冬を思うだけで息が苦しい。

黎はゆっくりと真冬に顔を近づけ、涙で濡れる彼の目尻にキスをする。

「優しくしなくていい。俺は、これからは一人で生きていくんだ。黎は俺に特別な思い出をたくさんくれた、俺の一番大事な人だ」

真冬が涙で潤んだ目で黎を見た。

「生まれて初めてこんな気持ちになった。こんなに誰か一人のことを思うなんてなかった。……初めてのセックスの相手が黎でよかった。好きな人とセックスできた」

壊れオメガが、正真正銘の恋をした。

普通のオメガなら、ここで「番になりました」と、オメガのハッピーエンドを迎えられただろうに、真冬は誰とも番になれない。

「オメガ風俗で頑張って稼ぐぞって意気込んでいたのに、なんでこうなっちゃうかな、俺は……」

「もういい。もう、仕事のことなんか考えるな……っ！」

口から出た言葉が荒い。

何を言ってるんだ。言葉より先に体が動くとはよくいうが、その逆ってなんなんだ。

「いや、だめだろ。ちゃんと……仕事のことを考えないと……」

「真冬、俺は」

ここで自分が放つ言葉はとても責任の重く、たとえ相手が壊れオメガであろうと、オメガである限り強力な拘束力を持つ。

最初は「オメガ風俗の期間限定のモニターか。はいはい」と軽い気持ちだったのだ。暇つぶしのはずだったのだ。ここまで気持ちがずっしりと重く傾くとは、黎はこれっぽっちも思っていなかった。

それがどうだ。

気がついたらこれだ。

自覚のないまま「俺のことだけ考えろ」なんてよく言ったものだと、過去の自分を嘲笑する。

悔しいが、きっと父は、こうなると見越していたのだ。

「俺は……」

きっと、出会ったあの瞬間に真冬へと恋に落ちたのだ。

黎は夜空を仰ぎ、心を決めた。

「俺は、モニター期間が過ぎても、お前を事務所に返さない。絶対に返さない」

真冬が目を丸くして「どういうこと？」と唇を震わせる。

「お前が好きだ。壊れオメガなんて関係ない。真冬が好きだ。ずっと俺の傍にいてほしい」

スーパーアルファのくせに、なんでこんな陳腐なセリフしか出てこないんだろう。ほら見ろ。真冬があっけにとられた顔をしている。論文ならばいくらでも文字を綴れても、恋愛に関しては黎はだめなアルファだった。

「俺が一夜の夢を与えるのは、黎だけになるってことか……？」

「そういう言い方やめてくれ。恋人同士、いや、パートナーの営みになるから二十四時間休みなしの夢だ」

「は、はは。黎は何を言って……そんなこと、できない。壊れオメガが恩ある博士の息子とパートナーになるなんて、できるわけが」

「おい。俺が告白して最初に言うことがそれかよ。もっと別の言葉があるだろ」

真冬が首を左右に振るたび、涙が飛び散った。

「こんな夢みたいなことが起きるはずがないんだ。明日になったらいつも通りだ」

「バカ。明日になっても俺はお前に好きだと言う。お前が信じるまで何度でも言う」

「お、俺……壊れオメガ」

「知ってる！」

その途端、真冬が子供のように声を上げて泣き出した。

涙も鼻水も一緒くたになった顔で「夢じゃないか？」「本当に俺でいいのか？」とたどたどしく言葉を綴る。

その姿がいじらしくて、可愛くて、保護したくてたまらない。そのせいか、真冬からオメガのフェロモンが香るような気がした。

「俺は、真冬じゃないと嫌だ」

問題はたくさんある。山積みと言っても過言ではない。

けれどそんなことは、自分がなんとかする。できないはずがない。

「真冬が好きだ。子供が生まれたら二人で育てればいい。きっと可愛い子が生まれる。だからさ真冬、俺の番になって」

黎は力任せに真冬の体を抱き締めた。

真冬が持っていた缶コーヒーが地面に落ちて、もう誰もいない通りに音がこだまする。

「俺、ずっと……夢に見てた。子供の頃からずっとだ。いつか素敵なアルファがやってきて、家族のいる前で俺に『君は俺の番だ』って言ってくれること……。黎、夢が叶った」

「ああ」

「俺を黎の番にしてくれてありがとう。嬉しくて、何を言っていいのか分からない。ヤバい、死にそう」

真冬の言葉に、「冗談でもやめて」と言った。

そうだ、まだその問題が残っている。

「うん。死なない。俺、黎と一緒に生きていく。好きだよ黎、大好きだ……」

頭を肩に擦り付けながら「好きだ」を繰り返す真冬の、首の包帯が白く眩しい。

黎は真冬を強く抱き締めながら、今は番になれた幸福にゆったりと身を浸した。

帰りのタクシーの中では、手を繋いだまま二人とも沈黙していて、帰宅したらしたで今度は行動がぎこちない。

いつものように一緒に入ればいいものを今日に限って風呂を譲り合って、結局じゃんけんに勝った真冬が先に風呂に入った。


頭にバスタオルを載せて下着一枚で部屋に入ると、真冬がタンクトップに下着姿でベッドに正座をして待っていた。

「え？　何？」

「その、ほら！　番になった初めての夜だから、俺……黎に奉仕したくて……」

消えるような語尾と真っ赤な顔が可愛い。

恋を自覚すると、相手がこんなにも愛らしく見えるのか、黎は自分に感動しながらベッドに腰掛ける。

「包帯を取ったんだな」

「うん。風呂に入って濡れてしまったし、それと……」

「ん？」

「何度でも噛んでほしいんだ。俺は壊れオメガで黎のフェロモンが分からない。だから、その代わりに……いつまでも治らない傷をつけてほしい」

「痛いぞ？」

「黎につけてもらえるなら、痛みも嬉しい」

「なんなのお前、滅茶苦茶可愛い」

「風呂に入りながら、俺にできることを考えてたんだ」

「うん」

黎は真冬の太ももを撫でながら「俺のことを考えてたんだ」と耳に囁く。

「んん……っ、だから、黎の番になった印が欲しくて。いっぱい噛んでほしくて……」

「俺も、真冬を噛みたかった」

黎は感謝を伝えようとした真冬の口を自分の口で塞ぎ、乱暴に口腔を嬲る。

真冬の手が黎の股間に添えられて、下着越しに扱き出した。おずおずとした仕草が可愛くて、思わず顔を離して笑ってしまったら、「ヘタでごめん」としょんぼりされる。

「違う」

「ちゃんと奉仕できなくて……」

「奉仕って言葉は使うな。俺たちは恋人同士なんだから」

「う……っ、じゃあ、なんて言ったらいい？　分かんないよ、俺……」

目に涙を潤ませる真冬を、すぐにでも快楽の沼に引きずり込んで善がり泣きさせたいのを堪え、黎は「愛したい、でいい」と言った。

「そっか。俺、まだよく分かってなかったな。黎を愛したい。黎に愛されたい」

「ん、いい子だ。我を忘れるまで愛してやる」

「俺が先に愛したい」と言う真冬の顔にキスの雨を降らしながら、体を覆っているタンクトップと下着を剥いだ。

「そんなんじゃ、いつまで経っても上手くなれない！　黎に気持ちよくなってほしいのに」

「いやいや、今この段階で、すでに俺はとても興奮してる」

下着を脱いで勃起した陰茎を見せてやると、真冬が「ドキドキするから隠してくれ」と言った。

「真冬だって勃起しているくせに。ほら、もうこんなに濡れて、いやらしくて可愛い」

笑いながら真冬をベッドに押し倒して脚を左右に大きく広げさせると、腹につくほど硬く反り返った陰茎が現れる。

「いろいろ、期待していたから……」

「いいよ、期待して。二人で気持ちよくなろう？」

「うん。俺たちは……番だから」

「ああ」

音を立てて軽いキスを繰り返しながら、真冬の陰茎を可愛がることに集中する。

両手を使って陰嚢を揉みながら陰茎を扱き、真冬が腰を揺らし出したら尻に指を入れて優しく挿入を繰り返した。

「んんっ、それ……切ない……、優しいのだめ……」

「でも気持ちがいいよね？　もうとろとろに濡れてる。まだ我慢して、俺に感じてる顔を見せて。真冬の感じてる顔が好きだ」

「俺も、黎に見てもらうの好き。恥ずかしいのに、安心する」

「ああ、もう。可愛い」

今度は深く口づけながら、真冬の性器を執拗に愛撫した。可愛くて泣かせたくてどうしようもない感情のまま甘く嬲り、唇を離して息をつきながら、真冬が必死に射精を堪えて体を震わせている様子を見下ろした。

「黎は、意地悪だ……っ、俺っ、そこ、弱いの知ってて……、あ、揉んじゃだめっ、我慢してるのに出るから……っねっ、あっあっ」

鈴口を指の腹で扱きながら陰嚢を優しく揉んでやると、真冬は「そこ、好き、好きっ、気持ちいいっ」と背を仰け反らせベッドを蹴った。

「ヤバいな、どうしよう。可愛くてたまらない」

「俺だけ気持ちいいの、だめ……、だめだから本当に。ね？　俺、黎を気持ちよくしたい、あっ、あ……気持ちいいのだめ……っ」

だめと言いながら腰を揺らす姿がいやらしくて愛らしい。

「可愛いよ、真冬。もっと腰を振ってみせて」

たまらなく愛しいと思ってしまうのは、「番」という名を口にしたからだ。

「あ、あ、黎、好き……っ、好き……っ」

「俺も好きだよ。可愛い俺の番。真冬だけを愛してる」

「嬉しい……っ」

黎の指に甘く嬲られながら、真冬が目尻に涙を浮かべて幸せそうに微笑む。

「俺も、黎を気持ちよくしたいよ……」

「そんなに俺に触りたい？」

「触りたい。いっぱい、触らせて」

アルファは、番のささやかなお願いを聞いてあげなければ。

「じゃあ……フェラ、できる？」

「できる。黎を味わいたい」

「あとさ、寝転んだ俺の顔を跨いで、フェラね」

一瞬戸惑った真冬の顔がいい。

今から何をどうするのか脳内でシミュレーションでもしているのだろうか。そんなことはしなくていいから早く触ってくれと、黎は真冬の腰を軽く叩いて「早く」と微笑む。

「分かった……こんな感じで、いい？」

真冬は体を起こして、黎の顔を跨いで彼の股間に顔を埋めた。

スプリングのきいたベッドの上での不安定な格好に戸惑いつつ、真冬は黎の陰茎を銜えて舌で舐め上げる。

多少のぎこちなさがあったが、真冬らしい初々しい動きだ。

目の前には、射精を我慢している真冬の陰茎がヒクヒクと揺れている。尻からは愛液が溢れていて会陰と性器をとろとろに濡らしていた。

黎が、零れ落ちそうな滴ごと真冬の亀頭を丁寧に舐めると、真冬が「あ」と驚きの声を上げた。

唇を押し付け、舌先で鈴口をスライドしたら、「や、ああっ、あっ、それ、気持ちいい」と素直な声を出す。

それが可愛くて、黎は愛液で蕩けた後孔に指を入れて勢いよく突いた。

すると真冬は体を震わせて、黎の口にあっけなく射精してしまった。

「ごめん。ごめんなさい、我慢できなくて……。俺、中を弄られると、信じられないほどはしたないオメガになる……っ、黎に嫌われたら辛い……」

「バカ。誰が嫌うか」

黎は体を起こして真冬の腰を掴み、「お前に突っ込みたくてこんなことになってるのに」と陰茎で尻を擦る。

目の前には、真冬の首がある。癒えていない噛み傷は痛々しいはずなのに、黎の劣情を刺激した。

「黎……俺の中、入って、いっぱい感じたい。黎が好き。凄く好きだから、俺、また、こんな、すぐ勃って……恥ずかしい」

甘い吐息を漏らしながら振り返った真冬と、目が合った。

一度射精した後の壊れオメガは快感とともに死を望む。その厄介な性質に今度も耐えられるか。

ギリギリでとどまることができるか分からないが、二人で明るい未来を築くと決めたのだから踏ん張ってやると、黎は深呼吸をして息を整えた。

「黎、一緒に気持ちよくなりたい……」

「え……？」

真冬が望むのは死ではなく快感だった。

「中にいっぱい、精液が欲しい。黎の子供を産みたいんだ。愛してる、だから、はしたない俺のおねだり聞いて……」

愛と愛撫をねだる姿が可愛らしい。

真冬の目は、黎がよく知っている黒い瞳のままで、今は快感で朝露に濡れた果実のように見える。

どこにも、死に誘う虹色は見えなかった。

「真冬……死にたくないのか？」

「なんで？　俺、黎と一緒に生きたいよ？　なんでそんなこと言うんだ？　もしかして、そういうことをしたいのか？　だったら……」

「そんな趣味はない！　俺は真冬と一緒に生きていくっ！」

大声を出しながら、喜びで興奮した。

ただの興奮じゃない。大興奮だ。

自分たちだけかもしれない。だが成功した。真冬の瞳は虹色にならず黒いまま。全く変わらない。死を望まない。生きることを望んでる。生きて愛を望んでる。

こんな嬉しいことがあるか。

これでようやく……いくらでも愛し合える。

「二人で、気持ちよくなろうな」

「ん」

黎は背中から真冬を抱き締めながら挿入した。

すぐにきゅっと締め付けてくるのがいじらしくて、劣情を抑えきれない。アルファの本能が首をもたげる。

逃げるはずがないのに力任せに抱き締めて挿入し、新たな命が生まれるように深く激しく突き上げた。

「あ、あ……っ、激しっ、強いっ、ああっ、また、すぐ出る、ごめん、よすぎてだめ、だめっ、激しくてっ」

「いいよ。何度でも感じて。射精してみせて」

言いながら傷の癒えない噛み痕を舐める。

「ひっ、ぁあっ、それ、だめ……首、だめ……っ、おかしくなる、だめだ、首っ」

真冬の悲鳴を無視して首を舐めては甘噛みを繰り返していたら、真冬がまた射精した。

「首を弄られて射精したの？」

「ん。俺の体……、だめ、黎に弄られて……気持ちいいことばかり覚える……っ」

「だって真冬が可愛いから。ここも感じるだろ？」

腰からするりと手を上に移動させて、脱力して柔らかな胸を揉む。

「あ、あ……っ、だめ……」

「だめなの？　乳首もこんなコリコリして硬くなってるのに？　やめてほしいなら言

って」

指の跡が残るほど何度も強く胸を揉み、興奮して乳輪ごと膨れ上がった乳首を両方、指の腹で扱くと、真冬が「もっと……」と掠れ声でおねだりした。

「やめてほしい？」

意地悪をして動きを止めたら、真冬が首を左右に振って「乳首を弄ってくれ……っ！」と目尻を真っ赤にさせて叫んだ。

「恥ずかしくてたまらないのに、気持ちよくて……黎に弄ってもらえるのが嬉しい」

「ん。俺も、真冬の反応が可愛くてたまらない。もっと『気持ちいい』って泣いてほしい」

再び乳首を指で扱いてやると、真冬は「それ好き、黎の指で弄られるの好きっ」と素直に喘ぎ、挿入したままの黎の陰茎を締め上げる。

「射精してほしい。黎、俺の中に射精して。お願いだ……っ」

「ああ」

そろそろ限界だった。

黎は小刻みに真冬を突き上げ、極まったところで首を噛んで射精した。

最初と違って血が出るほど噛んだつもりはなかったのだが、どうやらアルファの顎

の力は別格らしい。

口の中が鉄臭い。

「は、ふ……っ、ぅ……っ」

真冬の首に血が滲んだ噛み傷があった。

「ごめん」

「平気。俺、平気だから……黎が気持ちいいと嬉しい」

「真冬、もっと気持ちよくしてやる。抱き足りないんだ。お前が好きで頭がおかしくなりそう……」

「俺は黎の好きにしてほしい。俺も、まだ、抱かれたりないから……、もっと黎が欲しい」

そっと体を起こして「愛してるよ」と囁く真冬を抱き締めて、黎は「俺も」と言った。

真冬の、モニター払い下げを要求する。

モニター期間終了後、俺はアルファとしてオメガの真冬を番にする。壊れオメガは関係ない。アルファとしての俺の本能が真冬を欲している。真冬も同じ気持ちだ。

俺たちが番うことに意味はないのかもしれないが、真冬の首に俺の噛み傷がある限り、誰も寄ってはこないだろう。


その日、メールで神崎の伝言を受け取った黎は真冬を伴って、最寄り駅から二時間ほど電車に乗って「事務所」へ着いた。

駅前から少し歩くが、コンビニや個人商店もある通りの、見た目はどこにでもある中規模ビル。自転車置き場や自動販売機が置いてあるから誤魔化されているが、二階までは窓がなかった。このビルを注意深く見る者がいたら「なんだここ？」と思うだろう。

実際、黎も「ヤバそうな場所」と呟いた。

「取りあえず、受付に行きゃいいんだよな」

「大した受付はないよ。テーブルに名前を書いておくだけだ。中はオメガばかりだから、その、黎は気をつけてくれ」

「あー……ハーレム状態ってことだもんな。了解了解。俺は真冬のアルファだから、他の誰にも心を揺さぶられたりしないけど」

ははは と自信満々に笑ったら、真冬が顔を赤くする。

「中にいるのは、正真正銘、生粋のオメガだ」

真冬に念を押すように言われた。

「アルファのフェロモンを嗅がなければ大丈夫。残り香は許してもらおう」

「それが腹立つよ。俺には黎のフェロモンがどんな匂いか分からないのに……」

「……可愛いな、真冬」

番になったと言っても黎のフェロモンは分からない。他のオメガに嫉妬する姿がいじらしくて、黎は真冬の右手を強く握りしめた。

黎は、窓がない以外、どこから見ても普通のオフィスの廊下を歩きながら「普通すぎる」と残念そうに呟いた。

窓はないが、廊下とオフィスはガラス張りになっていて、私服のオメガたちが仕事をしている様子が見える。

オメガといったら、一般的に「可哀相」「儚い」「健気」「エロい」といわれてずいぶん薄幸なイメージがあるが、ここにいるオメガたちは楽しそうに仕事をしている。ただ、チラリとモニターを覗いたら「セックステクニック。新たなオメガの職業を目指して」「お客様に楽しんでいただくための話術」「ヒートを味方にお客様を確保！」などの見出しが目に入る。

そういえばここにいるオメガたちの私服は、やけに露出度が高い。

そのうちの一人が黎に気づいたようだ。

瞳をキラキラと輝かせて近づいてくる。

「おおー……ガラス越しでも俺がアルファだって分かるのか？」

「そんな暢気なことを言ってる場合か？　黎は俺の大事な番だから、いくら同僚とはいえ他のオメガに渡したりしない」

真冬がムッとした顔で黎の手を強く握り、その姿を彼らに見せる。

しかしオメガたちはこちらが仲良く手を繋いでいても気にしないらしい。アピールはやめない。

「こういうのもプロ意識なのか？」

「そうだ。オメガ風俗で一番になるってみんな言ってる」

「へえ。でも俺には関係ないな」

黎は真冬の手をぎゅっと握りしめる。

それだけで真冬は大満足だ。

彼らは窓ガラスの向こうで手を振っているオメガたちを無視して早足で歩き出した。


「今日は君たちに重要な話があって、ここに呼んだんだ」

神崎は事務所の所長が座る立派な革張りの椅子に腰掛け、真冬と黎を交互に見て言った。

「話？　真冬のモニターのことならもう話はついてるだろ？　俺たちは番だ。報告書にもそう書いた」

「いやいやいや、それはちょっと待って」

「名門オメガとの子供が必要だとかそういうのはなしだ。確かに羽瀬川家は名門だが、その名を継ぐのは俺だけじゃない。優秀な親戚がたくさんいる。そいつらが継げばいい」

親類からは、優秀な遺伝子を残せと、子供の頃から言われ続けてきた。

アルファだから当然だろうと、従兄弟たちは当たり前のように笑った。

黎も「そのうち子供を作っておけばいい」と簡単に思っていた。

だが壊れオメガに出会った。

自分の知っているオメガと全く違う真冬と出会い、惹かれた。

もう絶対に離さない。

スーパーアルファの執着を舐めるな。

黎はそう思いながら神崎を睨み付ける。

「真冬が所属しているのは、顧客に一夜の夢を見てもらうために頑張るオメガたちの職場だ。そして、彼らが相手をするのはアルファだけではない。良家のベータもいる。彼らに初めてのセックスを指南するにはオメガがもっとも相応しいのは分かるよね？オメガはある意味セックスの達人だ」

「だから？」

「オメガはこの仕事のプロで、アルファや良家のベータたちは自信を取り戻して日常に戻っていく。オメガは事務所の大事な戦力なんだよ。だから、恋に落ちて簡単に辞められては困る。それに、退職するにしてもちゃんとしたルールがあるんだ」

「だから！　アルファの番になれば問題ないだろう？」

「壊れオメガは番になれないのは理解してるよね？　オメガとしてイレギュラーだからこその壊れオメガなんだから。そこんところはどうすんの」

にっこり微笑む神崎に、黎が怒りをもって言い返す。

「俺はスーパーアルファだから、壊れオメガなんて関係なく番にできる。というか、もうしたから」

そんな根拠はどこにもない。

あるのはアルファとしてのプライドだ。

「軽い気持ちでモニターを引き受けたと言ったよな？　暇だったから、退屈を紛らわすためだと。……そこまで入れ込んでも、なんの得にもなんないよ？」

神崎に煽られる。

最初の頃、真冬を適当に扱ったからその腹いせか、それとも別の意図があるのか。

「最初はそうだった。けど今は違う。三ヶ月近くを一緒に過ごした。そこから分かり合うことがあるだろ」

「一緒に暮らして情が移ったとしても、辛い思いや寂しい思いは一時的なものだ。すぐに忘れるだろう。なんなら新しいオメガを派遣しようか？　セックスの経験が乏しいタイプが好きなら、そういうオメガを派遣する。オメガを指導したいアルファも少なくない」

「代わりなんていらない。真冬でなきゃ、俺はいらない」

一通り、言いたいことを言って黎は息をつく。

すると今度は真冬が口を開いた。

「俺も、黎の傍にいたい。黎の前に名門のオメガが現れたとしても傍に置いてくれるだけでいい。黎に運命の番が現れたとしても……傍に置いてくれるだけでいい。それだけでいいんだ。俺は……博士がせっかく用意してくれた仕事だけど、もうできない。黎以外の誰かとセックスすることはできない」

凛とした声で言った真冬は、目に涙を浮かべて神崎を見つめる。

「泣かせようと思ったんじゃなくてさ」

神崎が、今にも涙が零れそうな真冬の頬に触れようとしたが、黎が遮る。

「真冬に触るな」

涙を拭って慰めてやるのは、誰でもない自分の役目だ。

黎は態度で示すように真冬の体を優しく抱き締める。

「真冬は寿退社だ。書類が必要なら俺が代行する。なんなら知り合いの弁護士も呼ぶ。俺は真冬のためだけのアルファで、真冬は俺の番……違う、俺の嫁だ」

「俺の嫁」を強調する。

番と呼ぶより百倍も千倍もいい。嫁、なんて素晴らしい響きだろう。

「俺に言われてもなあ。経営陣の親父さんを納得させるのが先だと思う。まあ、愛する相手を性別に関係なく嫁と言うのは、俺は嫌いじゃないけどね」

「愛しすぎて思わず嫁と言ってしまう行為は尊いと思う」

黎は深く頷く。真冬のためならなんだってする。必要なら、世界の果てまでだって逃げるつもりだ。駆け落ちはナンセンスだが、一度はやってみたい恋のロマンを孕んでる。

「真冬、帰るぞ。用事はもう済んだ」

黎は真冬を伴って部屋を出ようとしたが、神崎に「真冬はまだ、うちの大事な従業員だってことを忘れんなよ？」と言われてしかめっ面を浮かべた。

黎は、真冬の腕を引っ張りながら長い廊下を走っていた。

「黎、廊下は走るものではなく……」

「分かってる。でも足が勝手に走り出す」

「そんな勝手なことを」

真冬は何かを見つけたらしく、「あ」と小さな声を上げた。

黎もそれを視界に入れたが、しかめっ面に磨きがかかる。

「黎君じゃないか。元気だねえ。久しぶりに現実の息子を見たよ。いつもはモニター越しだもんね。真冬も久しぶり。仕事はどうだい？」

世界有数の頭脳だというのに、白衣をだらしなく着てのんびりとした歩調で微笑んでいるのは黎の父である羽瀬川泉《いずみ》。

「あ、その、俺は、黎さんによくしてもらってます」

「そういう遠回しな言い方じゃだめだ。俺は真冬と番なんだ。問題ないな？　真冬は俺の嫁だから。この仕事は寿退社だ」

「ん？　まあ、報告書を読む限りはそういう流れかなと思ったけど……一時の激情ではないのか？　人は、反対されると燃え上がるものだ。冷静に考えてどうなの？」

「アルファとオメガの話だから問題ないだろ」

「それはそうだけど、今の君はずいぶん興奮しているから、もっと冷静になってほしいな」

「冷静な恋愛なんてあるのかよ！　父さんは何も分かってないっ！」

怒鳴るなんて、感情のコントロールができていないことなどしたくない。

しかし、今ばかりはそうも言っていられなかった。

黎は父に向かって、かんしゃくを起こした子供のような怒りをぶちまけると、走る速度を上げて一階エントランスに向かう。

「神崎がいい感じに煽ってくれたのかな。いいね、熱い我が子を見るのは。これからどんな話し合いができるか、楽しみだよ」

彼は、走り去る息子の背中を見つめたまま、嬉しそうに微笑んだ。

それから、どうやって家に帰ったのか、黎はよく覚えていない。

「ふざけやがってっ！」

黎は床が抜けてしまうような大きな足音を立てて自分の部屋に行くと、ベッドの下からスーツケースを引っ張り出し、その中に着替えを詰め始める。

「黎……一体何をやってるんだ？」

彼の後を追いかけてきた真冬は、右手でゴシゴシと顔を擦りながら訊ねる。

「こっから出ていくっ！　もちろん真冬も一緒だっ！」

「ここを出て……どこへ行くんだ？」

「決めてない。けど俺は、真冬を離したりしないから安心しろ！」

頭に血が上りっぱなしの黎は、真冬と一緒に愛の逃避行しか考えていない。

「一時の感情で物事を決めるなっ！」

黎はぴたりと動きを止め、険しい表情で振り返った。

「離れ離れになっていいのか？　あと一週間しかないんだぞ？　真冬は俺の言うことを聞いていればいい…………っ！」

けれど真冬は首を横に振る。

「俺は、黎に逆らわない。どこへでも一緒に行く。だが黎は……まだ学生だ。まず日本の大学をちゃんと卒業しろ。話はそれからだ」

黎の将来を台無しにしてはいけないという真冬の気持ちが痛いほど伝わってくる。

だが黎の気持ちは落ち着かない。

「じゃあ、なんだ？　真冬は俺と離れてもいいってのか？　俺はお前以外のオメガは……パートナーはいらない。お前だけが欲しいっ！」

黎は乱暴にスーツケースの蓋を閉め、その上にあぐらをかいた。

「黎……」

真冬は、鼻息の荒い彼の前に正座をすると、彼の頭をそっと撫でる。

「冷静になれ。感情的になってもいいことなんか一つもない。そして博士にしっかりと説明してくれ。俺も手伝う。黎になら博士を納得させることができるだろう？」

自分だけの考えで行動しようとした黎は、間抜けさと情けなさを噛みしめる。

クールダウンするどころか自己嫌悪だ。

「済まない」

黎は真冬の額に自分の額を押し付け、掠れた声で言った。

「真冬は俺に、ちゃんと学校に行ってほしいのか？」

「そうだ」

「俺とずっと一緒にいたい？」

「いたい……。黎が好きだ」

「うん」

「そうなると……」

自己嫌悪から浮上する。

そうだよな。真冬の言う通りだ。たとえここから逃げても、きっといつか見つかる。いくら俺が優秀だとしても、俺の上を行くのが父さんだ。

どうする。どうしたらいいいんだ？　真冬とずっと一緒にいられるようにするには、何をすればいい？　考えろ俺。とにかく、父さんを説得しなければ。

黎は深呼吸を一つすると、目を閉じた。

真冬は黎が口を開くのを待つ。十五分ほど経っただろうか。

黎は真冬から額を離し、彼の顔をじっと見た。

「とにかく、報告書を書くわ。それで最後のページに、真冬は壊れオメガとして未知数だから、モニター期間を延ばしたいと提案する。これはアリだ。

「未知数……そんなたいそうなものじゃない」

「たいそうなものだよ。だってこの俺に恋を教えた」

「あの、いきなりそんなことを言うのは……ずるい」

真冬の顔が真っ赤になった。

照れているのが凄く可愛いと思う。

「両親は理屈で納得してくれるだろう。うるさいのは、俺のために名門のオメガとの見合いをすすめてくる叔父と叔母たちだ。『オメガちゃんたちがどうなってもいいの？』ってウザい。名門オメガの嫁ぎ先は掃いて捨てるほどあるってのに」

彼らのアグレッシブさを思い出してうんざりする……が。

「……ん？　俺は今、いいことを思いついた」

突然ニヤリと笑った黎に、真冬がびっくりして「何を思いついたんだ？」と前のめりになる。

「真冬のように、アルファのとこへ派遣されたオメガがいるよな？」

「いる。俺と同じ保護された壊れオメガで、いつか事務所の売れっ子ナンバーワンか、そうでなかったら玉の輿を目指すと言っているバイタリティー溢れた子たちだ。二人いる」

「ふむ。みんな、ご奉仕モニターが初めての仕事なのか？」

「そうだ。俺たち壊れオメガは、首を噛まれても番になったりしないから、他のオメガたちよりも率先してこの仕事を請け負った」

顧客は吟味されたアルファだろうとも、不測の事態も考えられる。壊れオメガは死を願うのだ、残りの二人のモニターがその難関をクリアしてくれていればいいが。

「俺はスーパーアルファだから、なんでもできると思っていた……申し訳ない」

「最初はそういうこともある。俺は気にしていないから」

そんな健気なことを言われると胸の奥がきゅっと痛くなる。

黎は「真冬が可愛くて俺が死ぬ」と心の中でありったけの声で叫んだ。

「で？　他のモニターのことを知ってどうするんだ？」

「タッグを組む」

「んん？」

「モニター全員に連絡を取る。この俺が番にしたくらいだから、他のアルファのモニターも、派遣されたオメガを番にしてるはず。絶対だな、これは」

黎は、「オメガを殺していなければ」と心の中で付け足した。

死を願う壊れオメガの本能は、一生真冬に言う気はない。

「頭がいいのに、なんかバカっぽい……」

「激情したアルファほど厄介なものはない。それがバカっぽくてもいい。問題はどうやって他のモニターにコンタクトを取るか……。いっそ、ハッキング……」

「彼らの派遣先なら分かると思う。連絡先をメモしておいた」


二人の壊れオメガは黎と同い年の二十歳の青年だった。

真冬から「二人とも保護されるまでは大変だったが、この仕事の研修のときは生き生きしていた」と聞かされた。

二葉《ふたば》と美波《みなみ》のＳＮＳは、どちらもすぐに繋がった。

文字チャットではなくリモート通話で黎と真冬が揃って顔を出すと、二人ともようやく安心して、それぞれのアルファと共に姿を現した。

全員、今さっきまで泣いていたのか、目は腫れ、鼻はかみすぎて真っ赤になっている。酷い鼻声の掠れ声で「別れを惜しんでいたんだ」と力なく言ったが、黎の提案を一笑にふすことはなかった。

逆に「そういう手があるか……！」と喜んでくれた。

「はい。……では明日の午後八時にその場所で。第一回にして最終集会にしたいので、よろしくお願いします」

黎はスマホの液晶画面に何度も頭を垂れて、静かに通話を終了した。

「よしよし。ここからが反撃だ。見てろ」

黎は右手にスマホを握りしめたまま「壊れオメガを全員寿退社させる」と声に出して改めて誓う。

「俺は、神崎さんに拾われて博士の新しい会社に入社できてよかった。黎に出会えてよかった。これからのことも先が見えてきた。今は、何に感謝していいのか分からないくらい、感謝を表したい」

真冬は自分の胸に両手を添えると、目にじわりと涙を浮かべる。

「お前のアルファ様に感謝してくれ」

そう言って、黎は真冬を抱き締めると頬にキスをする。そのままソファに押し倒そうとしたのだが、黎は思わぬ抵抗を受けた。

「水も飲みたいし、風呂に入って清潔にしたい。あ、その前に、中庭の木に肥料を与えなくては。それと……部屋の中の観葉植物も、鉢替えをしなければならないものがある」

「なんだよ、それ」

「今日は天気がいいから、日の出ているうちに、屋外でできることをやっておこうかと。……あっ！」

「まだ何かあんの？」

「屋上に洗濯物を干したままになっている。取り込まないと」

専業主婦のようなセリフを真剣に言う真冬に、黎は「ぷっ」と噴き出す。

主婦かよ。いや、そうだった、真冬は俺の嫁だ。

黎は、ふわふわと心の奥から湧き上がる幸せな気持ちを大事にしながら、「色気がない」と笑った。

「申し訳ない……」

「いいよ、それが真冬だ。で？　どれから片づけたらいいんだ？」

黎は真冬に手を差し伸べる。

「洗濯物」

真冬は差し伸べられた手をしっかりと掴み、答えた。

モニターのアルファ三人は、とあるレストランの個室に集まっていた。

リモート会議でもよかったのだが、連絡を取った二人とも直に会って話がしたいと言ったので承諾した。

まがりなりにも密談なので、悪目立ちしないように、黎がオーナーをしている店を選んだ。

店長の腕がよく、従業員たちの接客が気持ちのいい店内は、恋人同士や家族連れで賑わっている。店の奥には個室が二つあって、客たちに見られずに裏から入ることができる仕組みになっている。

自己紹介をしながら食事をし、腹が落ち着いたところで、黎はまず、「壊れオメガが死を乞う本能」について話した。

ここにいるからにはその難関をクリアしたと思うが、念のために。

木場《きば》と新富《しんとみ》が「あれは酷い本能だ。初期の研究者たちがあらがえなくても仕方ないがな」と苦虫を噛みつぶした顔をする。

木場と親富は羽瀬川製作所の社員で、二葉の番である木場は宇宙物理学の、三波の番である親富は分子生物学の博士でもある。二人ともまだ三十代で、優秀なアルファを地で行くタイプだ。

「俺は俗にいうスーパーアルファだからギリギリで回避できたのではと思うのですが、失礼ですがお二人は？」

その問いに、木場は「父がアルファで母がベータだ。一時期、ベータがアルファを生んだとメディアがうるさかった」と言い、新富は「僕は逆に、父がベータで母がアルファだ。僕の両親も一時期メディアを賑わせたらしい」と黎に伝える。

全員レアな生まれだった。

たった三例では研究したことにはならないが、それでも壊れオメガとの繋がりに納得してしまう。

「いかにも父が好きそうな研究対象ですよ、お二人とも。あの人は好奇心が服を着てるような存在だから。では、難関をクリアしたみなさんに、作戦をお伝えしたい」

そして黎は、壊れオメガと暮らしていくための計画を語った。

「……ですから俺は、レポートで壊れオメガのモニター延期を訴えて……」

黎の言葉を、二葉のアルファ様・木場が「待って」と遮る。

「延期ってどれくらい」

「僕も気になるな、それ」

美波のアルファ・新富も、向かいに座っている黎に向かって身を乗り出した。

「無期限延期に決まってんじゃないですか」

偉そうにニヤリと笑う黎に、木場と新富はきょとんとしてから、納得したように頷く。

「最悪の場合は、俺は真冬を連れて逃げます」

「地味だね、羽瀬川君は。俺なんか、うちの部で開発してるレーザーを拝借して、ビルを刻んでやろうかと思ってんのに」

「木場さんは派手すぎるよ。僕も羽瀬川君と同じように美波を連れて逃げようと思ってる。ただその前に、言いたいことを全部言ってスッキリさせたいなー。もしくは、新種のウイルスで羽瀬川製作所のパソコンを破壊するとかー」

黎が顔をしかめる前で、二人の博士は顔を見合わせて「あはは」と笑う。

二人とも父の会社の研究者で、身元がハッキリしているアルファだ。

壊れオメガの相手に身内を選ぶなんて、父は何を考えているのか。

「しっかしねえ。まさか自分が壊れオメガにハマるとは思わなかったな」

木場は、精悍な顔を曇らせて苦笑した。勤続十二年の彼は、仕事熱心で恋愛事はいつも二の次だったのだ。アルファなのに勿体ないと何度も見合いをさせられて、そのたびに「興味がない」と断っていた。それが、二葉と出会って恋に目覚めた。

「それを言うなら僕も。なんていうか、あの可憐さと健気さにヤラレタというか。セックスなんてどうでもよくなっちゃうんだよね」

優しげで物腰柔らかな新富は他人の扱いに長《た》けており、そのせいかセックスのパートナーが絶えたことがないという。なのに、壊れオメガの美波と恋に落ちた。

「僕たちは三人とも、素晴らしい体験をしたアルファですね」

新富がしみじみと言って、黎と木場が深く頷く。

「でも新富さん。俺、過去形は嫌です。これからも真冬と一緒に素晴らしい体験をしていくつもりですから」

黎はそう言って、ワインを一口飲んで喉を潤す。

「俺もそのつもりだ。……二葉に海を見せてやりたい。あの子はテレビの海を見て、どれだけ大きいの？　って言ったんだ。本物の海を知らないんだ。一人では怖くて外に出かけられないと言った」

木場がため息をつく。

「僕は海外に連れていってあげたいな」

新富がそう言って目を閉じた。きっと自分のオメガとの旅行を想像しているのだ。

海を見に行くのも、海外に行くのも、どっちもいい。

自分の傍らで、ずっと笑っていてくれるなら。

黎はボソリと「真冬と一緒なら、どこに行っても楽しいと思う」と呟いた。

「そりゃもっともだ。二葉がやってきてから毎日が楽しい」

木場は年甲斐もなく頬を染める。

「僕もね、今までつき合ってた全員子と別れたんだ。美波が一番大事」

新富が目を閉じたまま言った。

「大事だからずっと傍にいてほしい。愛しているから傍にいたい。目指すは寿退社だ」

そして黎は、大団円を誓った。


それから何日も、何事もなかったかのように、日常を過ごした。

真冬を事務所に返す日が来るまで、ずっと。

その日、大学から帰宅して玄関に入った途端、食欲をそそるいい匂いが黎の鼻腔をくすぐった。

「今夜はカレーか」

黎はリビングダイニングを通り抜けてキッチンに入ると、真剣な表情で寸胴の中身を掻き混ぜている真冬を、そっと背中から抱き締める。

「真冬、ただいま」

「おかえり。……手を洗ってうがいして」

「それよか、腹減った」

黎は真冬の首筋にキスをしながら食事をねだった。真冬はぴくんと体を震わせて、首筋を桜色に染める。

「あ、味がなじむまでまだ少しかかる。間食を用意したから、それを食べて待っていろ」

真冬はガスの火を消すと、寸胴に蓋をした。

「何を作ったんだ？」

「黒砂糖の蒸しパン。少々調子に乗って、たくさん作ってしまった」

「渋いおやつだ」

「牛乳も、新しいのを買っておいた」

「全部、一日で食べきれないもんばっかだな。カレーに蒸しパンに、買ったばっかの牛乳」

黎は真冬の肩に、甘えるように頭を乗せた。

「ああ。……明日も明後日も黎に食べてもらおうと思って作った」

真冬は、明日必ずこの家に帰ってこられることを信じている。


間食の蒸しパンを平らげた黎は、今はカレーライスを旨そうに食べている。その向かいでは、真冬も自分の作ったカレーを食べては「旨い」と頷いた。

「俺、これを食ったらレポートの仕上げすっから」

「他のモニターとは会わなくていいのか？」

「会わない。もう充分話し合ったし。賽は投げられた、虎穴に入らずんば虎児を得ず、敵は本能寺にあり」

「黎……最後の例えは間違っているし、縁起が悪いと思うんだが」

「ノリで言ってんだから、間違っててもいい」

真冬は渋い表情で言ったが、黎は肩を竦めて笑ってみせた。

「そうか」

真冬は真面目に頷く。

黎も、皿に残ったカレーを食べ始めた。

テレビをつけていないリビングダイニングは、二人が使うカトラリーの音だけ響く。

こんなふうに、この家でのんびり飯を食うのも、最後かもしれないんだ。

ふとそう思った黎は、スプーンを持った右手を白くなるほど握りしめる。

真冬が傍にいる生活が「普通」になっている。今更、元の生活になんて戻れない。

笑い顔や困惑した顔、眉間に皺を寄せて怒る顔。セックスのときだけ見せる、扇情的な顔と物欲しげに潤む目。そして、泣き顔。

どれもこれも、黎は絶対になくしたくない。ずっと自分の傍に置いて、大事に大事にしてやりたい。もっといろんな顔が見たい。仕草が見たい。離れたくない。

学校なんてどうでもいい。親なんてどうでもいい。真冬がいれば、それでいいんだ。

鼻の奥がツンと痛くなって、黎は不覚にも、視界を滲ませてしまった。

「…………黎」

「悪い。なんでもない」

右手で顔を隠してそっぽを向く彼の頭を、真冬は優しく撫でてやる。

「黎は俺のために頑張ってくれた。大丈夫。怖くない。俺たちは絶対に、離れ離れになったりしないから」

落ち着いた声。

子供をあやす母親のように、真冬の手が何度も何度も黎の頭を撫でる。

優しくされると余計泣きたくなるのはどうしてなんだろう。

一度流れ出した涙は、もう止まらない。

黎は真冬の優しい手に頭を預け、盛大に洟をすすった。


真冬は朝食後、寸胴に残っていたカレーをタッパーに移し替えて冷蔵庫の中に入れる。

「食べたいときはチンすればいいよな」と、黎は余った蒸しパンはラップにくるみ、冷凍庫へ突っ込んだ。

二人で洗濯物を屋上に干し、掃除をする。

真冬は観葉植物に水を与え、黎は冷蔵庫からミネラルウオーターのペットボトルを取り出して真冬に渡した。

黎がレポートをプリントアウトしている間に、真冬はシャワーと着替えを済ませる。彼の服装は、羽瀬川家に初めてやってきたときと同じスーツだった。

「ボストンバックは置いていけ。手ぶらでいいからな。どうせ数時間後にはここに戻ってくるんだし」

「分かった」

「向こうの駅の改札口で、木場さんと新富さんと待ち合わせ。そこで合流して、敵本陣へ乗り込むと」

「分かった」

「当然、二葉や美波も一緒だ」

「分かった」

「真冬」

モニターの期間延長と、壊れオメガとの番について記したレポートは、今朝メールで父に送信した。今頃父は内容を読んでいるだろう。

万が一のためにデータはクラウドにアップし、プリントアウトしたものをA４封筒に入れた。

「どうした？」

名を呼んだだけで何も言わない黎を不安に思ったのか、真冬が首を傾げる。

「今夜はカレーうどんが食べたい」

真冬は最初、黎のリクエストに「そんなことを言っている場合か？」と眉間に皺を寄せたが、彼が本当は何を言いたいのか理解して、満面に笑みを浮かべて言った。

「分かった」


やけに空間がキラキラと輝いている場所があった。

事務所の最寄り駅の改札に、そんなきらびやかな場所はなかったが、新たに作られたのだろうか。

……と思ったら、輝いているのは人だった。

目映いばかりの金髪の癖っ毛に、深い湖の色をした瞳を持った華奢な青年が、スーツを着た男に寄り添うように立っている。

もう一人の青年は、柔らかな栗色の髪に黒い瞳の美形で、スーツ姿の男の背中に隠れるようにして立っていた。

駅員は頬を染めて見惚れ、改札を利用する人々は、感嘆のため息をついて通りすぎる。

誰の邪魔にもならない改札の端。

しかし彼らは目いっぱい目立っていた。

そこへ、黎と真冬が合流する。

「おはようございます………って、モニター越しでなく実際見ると凄い美形だな」

ただ「俺の真冬が一番可愛いけど」と付け足した。

「黎。改めて紹介するよ……金髪の方が二葉で、栗色の髪が美波だ。俺の年下の同僚」

真冬はまず、黎に同僚を紹介すると、自分は木場と新富に「実際でははじめまして、真冬です」と礼儀正しく挨拶する。

「うちの美波がこれだけ可愛いから、大体想像はついたけど……。涼やかな美青年だね、真冬君。いい男だ」

新富は真冬を見てうっとりと言った。

「黎君。レポートは出来上がったか？」

三つ揃えのスーツをきっちりと着込んだ木場は、神妙な顔で黎に訊ねる。

「はい。そりゃもう、びっちりと、しっかりと、これでもかと。今朝、父に送信しました」

黎は「これは写し」と封筒を叩き、自信たっぷりに微笑んだ。

「僕はね、美波の退社を認めてもらえなかったら会社を辞めて美波を連れて海外に逃げようと思っている。本当は裁判を起こすのがいいと思うんだけど、それだと、他のオメガに迷惑がかかっちゃうしね」

不敵な表情で両手の拳を握りしめる新富に、美波が「俺はどこでも暮らせるから安心しろよ！」と元気づける。

「俺もそれだな。俺は二葉と離れない。それに俺たち二人が辞めたら会社は結構困ると思うんだよな。交渉の材料は多い方が有利だから、黎君が社長と話すときに、使えそうなら使ってくれ」

木場はニヤリと笑った。二葉が「逃げるなら南国がいい」と笑顔でリクエストした。

本当ならどシリアスにして緊張した場面であるのに、こんな風に笑顔で話し合えるなんて素晴らしい。

ああ、みんな大事にされてるんだな。とても幸せなんだな。

黎は真冬の同僚の壊れオメガたちを見つめてそう思い、心がほんわかと温まった。

「そんじゃ、俺も何か一つ、父さんに爆弾発言でもしようかな」

「黎、それはやめておけ。取り返しがつかなくなったらどうする」

真冬は真剣な顔で首を左右に振る。

「けどなあ」

黎は何が言いたそうに真冬を見つめ返したが、相変わらず渋い顔なので、「わかったよ」と肩を竦めた。

三人のアルファの後ろに、三人の壊れオメガが続く。

「ねえ、真冬。黎さんって優しい？」

「どこかに遊びに行った？　楽しいことあったか？」

二葉と美波は真冬を見上げ、好奇心の眼差しで訊ねた。

「黎は優しいぞ。俺のためになんでもしてくれる。……一度、夜の遊園地に行った。そうだ二人とも、渋谷に行ったことはあるか？」

真冬の言葉に、二人は「まだ行ったことがない」と羨ましそうに見つめる。

「人間が大勢いて、車やバイクがたくさん走っていて、目まぐるしい街だ。二人に似合いそうな洋服がたくさん売っていた」

「俺は、食料の買い物なら木場さんと一緒に行ってる」

二葉が誇らしげな表情で言った。

「俺も。スーパーって楽しいよね？　新富さんが一緒だから、誰からも『お前はベータ？　オメガどっち？』なんてぶしつけなことを言われないし」

美波も笑顔で真冬に言う。

「自分だけのアルファ様と一緒だと、毎日が楽しいよな。まさか自分が恋愛できるとは思ってなかった」

真冬の言葉に、二人が頷く。

「事務所の稼ぎ頭になってやると思ってたけど……」

「玉の輿を狙うと気合を入れていたけれど……」

オメガ風俗にこの人あり、とその道のプロとして後輩育成に生きるのも楽しいと思うけれど、出会ってしまったのだ。

壊れオメガたちは、自分だけのアルファ様に出会ってしまった。

ヒートがなく番にもなれない壊れオメガだからこそ、出会えたのか。

「オメガには運命の番というアルファがいるそうだ。俺たちには全く縁のない言葉だと思っていた。運命の番は、出会った途端にそれが分かるんだって」

真冬の、独り言のような言葉に、二葉と美波が耳を傾ける。

「壊れオメガに『運命の番』はなくても、『番に出会う』ことはできる……」

ご奉仕しますと出会った相手と、番になれた。

黎風に言えば、きっと「運命の嫁」だ。

運命の相手、運命の番なんて都市伝説だ。だが、都市伝説の一端を担う「壊れオメガ」がここに三人もいる。

「このまま終わったりしない」

真冬の声に、二葉と美波は真剣な顔で頷いた。

最年長の木場を先頭に、以前もやってきた事務所のビルに入る。

「陣太鼓を鳴らしたい気分だな」

「木場さん、時代劇じゃないんですよ？」

「でも、気分は討ち入りだろ？」

木場と新富は、顔を見合わせて「そうかも」と小さく笑った。

「真冬」

黎は、傍らに立つ真冬の頬を指先でそっと撫でる。

その感触が心地よくて、真冬が猫のように目を細めた。

「俺はこれから、何度もこうやってお前に触るからな。覚えとけ」

「分かった」

真冬はふわりと頬を染め、気合充分の黎の顔を見つめる。

「はい、みなさんいらっしゃい」

受付カウンター奥の扉を開けて現れたのは神崎だ。今日はドクター用の白衣ではなくチャコールグレイのスーツを着ている。

「非番だったところを呼び出されたんだ。デートしてたのに……。でもまあ、君たちが来るのは分かっていたので、さあ、奥へ案内するよ。俺は事務所のドクターで、オメガたちの健康管理を一任されている。オメガたちが最高の状態で働けるように日々頑張っているんだが……三人とも、いいつやだね。大事にされているのが分かるよ」

神崎が三人の壊れオメガを見て、それから三人のアルファを見た。

「精神的なケアも俺の仕事でさあ、俺は優秀なドクターだからいろいろできちゃうけどね、自分が世話したオメガが気持ちよく仕事ができないと辛いわけですよ。フロアの模様換えをしたいと言われたら、しちゃうんだよね」

自分たちの前を歩きながら、神崎がのんびりと語る。

黎は、ガラス張りのオフィス横の廊下に再び足を踏み入れて「へえ」と感嘆した。

少し前は昔のドラマのような古くさいオフィスだったのが、今は洗練された最先端のオフィスに変わっている。デスクもパーティションも流線形で導線に無理がない。椅子は座り心地のよい一流メーカーのものだ。

唯一変わっていないのは、デスク周りに置いてある「アルファ様に気持ちよくなっていただくための心得」「アダルトグッズの効果的な使い方」「テクニックは一日にしてならず」などと煽り文句が書かれた書籍やグッズだ。

後ろで二葉が「みんな頑張ってるなー」と感心している。

一体どこまで連れていかれるのか分からないまま、ドアを開けて階段を上がり、またドアを開けて……を繰り返す。

さっさとエレベーターを使えばいいと思い実際木場がそれを指摘したが、神崎に「今日はエレベーターの一日メンテなんだよ。なんでこの日を選んだの」と逆に文句を言われた。

運動不足ではないと思っていても、緊張感を抱えたまま階段を上るのはことのほか体力を消耗した。

「はい。このドアの向こうが役員フロアだ。お疲れさまでした！　みんな揃ってるよ」

みんなが揃ってる？

黎がメールを送った後に、父は事務所の経営陣を即座に召集したということか。

「マジかよ」

思わず口から出た言葉に、真冬が「マジだな」と真顔で答える。

よし、行くか。

黎は額に浮かんだ汗を手の甲で拭い、神崎が開けたドアの向こうに踏み出した。

三人のアルファは厳しい表情で、最上階の廊下、最初に開かれたドアの中に入る。中は広々とした応接室になっていて、そこには五名の男女がゆったりとソファに腰を下ろしていた。

黎は父の姿を認識したと同時に、クラッカーの破裂音で仰天する。優雅に座っていた五人がクラッカーを鳴らすなど考えもしなかった。

「ようこそ、モニターのみなさん。私がこの事務所の筆頭オーナー、羽瀬川です」

羽瀬川博士は柔和な笑みを浮かべ、ソファから立ち上がって一歩前に出た。

アルファたちは唖然としたまま、何が起きたのか分からないでいる。

真冬たち壊れオメガも、事態を把握できずに戸惑っていた。

「レポートを読ませていただいたよ」

「いや、だから、なんで俺たちは歓迎されてるんだ？　父さん……違う、羽瀬川博士」

真っ先に我に返った黎が、自分の父に冷静な声を出す。だが少しの怒気も含めた。

「俺たちが、どんな思いでここに来たのか分かっているのか？」

ソファに座ったまま余裕の表情を浮かべているオーナーたちに無性に腹が立って、黎は唇を噛みしめる。悔しくて涙が出てきそうだ。

「黎君」

「なんですか、羽瀬川博士。言いたいことがあるならさっさと言ってくれ。そうしたら俺たちも言いたいことを言わせてもらう。話し合いをするのはその後……」

「単刀直入に言おう。私たちは、君たちの提案に賛成だ」

「何を言われても俺たちの気持ちは全く変わらない……って、は？　今なんて？」

もう一度言ってください。

黎は目を丸くして父を凝視し、口をぽかんと開ける。

彼の表情があまりに間抜けだったので、オーナーたちの中からクスクスと笑いが零れた。

「黎君は真冬と一緒にいていいんだ。『俺の嫁』とやらにしなさい」

羽瀬川博士の声に、黎よりも先に木場と新富が歓声を上げる。

「二葉！　俺たちはずっと一緒にいられるぞ！」

目に涙を浮かべて喜ぶ木場に、二葉は「やった！」と両手を振り上げて喜んだ。

「お前がいなくなったら、僕はどうしようかと思ってた！」

新富はもうすでに涙を零し、美波の体を力任せに抱き締めた。美波も「奇跡が起きた！」と新富を抱き締め返す。

「二葉、美波。そして真冬。壊れオメガと呼ばれた君たちは、大好きなアルファと暮らしていいんだ。ずっと一緒にいていい。寿退社したいならしてくれて構わないが、後進のために生活レポートは提出してほしい。こっちは不定期で構わない。どうだい？」

壊れオメガがパートナーを得たという実態は、他の壊れオメガのためにも必要だろう。

きっとまだ、世界のどこかに存在しているに違いない。

「真冬……俺たち、ずっと一緒にいていいって……」

「ああ」

「マジかよ。こんな簡単でいいのか？　俺、お前のために……レポートしか出してない」

掠れた声で言う黎に、真冬は目を涙で潤ませて笑顔を見せる。

「黎はしてくれた。俺のために……頑張ってくれた。凄く嬉しい」

「………そっか」

「俺と、ずっと一緒にいてくれるか？」

「バカ真冬。当然だろ。お前は俺の嫁だ」

黎は真冬を抱き締める。真冬も黎を抱き締める。

ああ、この感触。俺の大好きな感触だ。絶対に離したくない感触だ。

黎は真冬の体温を感じ、幸せを噛みしめる。

「ええと……他にも説明したいんだが、構わないだろうか？」

再び一緒にいられる事実をひたすら感動していたアルファたちは、羽瀬川博士の声に「いい気分なんだから邪魔するな」とムッとした顔をした。

「言いたいことなら俺も山ほどあるぞ、クソオヤジッ！」

黎の大声に、木場と新富は海よりも深く頷く。

安心したら無性に腹が立ってきた黎は、真冬をその場に置いて父に近づいた。

「だからそれを、今から説明するんじゃないか」

「さっさと言え」

今にも飛びかかりそうな勢いの黎に、博士は苦笑しながら話し始める。

「壊れオメガは未知数なところが多いので、仕事のついでにいろいろ調べたかったんだ。それに、お客様に一夜の夢を与えるという事務所の仕事には向かないことは、君ももう理解しているだろう。報告書で予想した通りのことが起きている。でも可哀相じゃないか。壊れオメガの本質。みんな可愛い、我が子も同然だ。だから、保護した子たちを娶ってくれないかなあ……という気持ちを込めて、君たちに振り分けた」

座っていた女性オーナーが「私の人選は大当たりね」と喜んでいる。

「しかしながらマッチングアプリは万全じゃない。そしていくら優秀なアルファでも、壊れオメガの相手になれるのかという不安があった。結果は、まあ、この通りだったけどね。君たちは出会うべくして出会ったんだ。普通のオメガならフェロモンですぐに相手を探せるけれど、壊れオメガはそうはいかない。だから私たちが手を貸し、時間を費やして同居して、ようやく相性を確かめることができたんだ」

博士の言葉にみなしばし沈黙する。

おそらく頭の中は「マジか」で埋め尽くされている。

木場が「そうか、運命、か……」と呟いて二葉の肩に手を置いた。

そして息子の黎が口を開く。

「ロマンティックすぎる」

「酷いな、黎君」

「でも俺もそう思った。俺と真冬は運命の相手だ。そして真冬は俺の嫁なので、生涯愛する。俺たちの愛は未来永劫続く」

最後はちょっと重いセリフだったが、真冬は「そうだな」と笑顔で黎の右手を握りしめる。

「……ということで、終わりよければすべてよしでご了承願いたい。木場君と富君には特別賞与を出すよ。これからもうちの会社で頑張って。そして定年まで勤めてくれ。君たちに辞められたら進めているプロジェクトが立ちゆかなくなる」

これには言われた当人たちは笑うしかなかった。

もう会社を辞める理由がないので、きっと末永く勤めてくれるだろう。


木場と新富は、神崎にエスコートされて部屋を出ていったが、黎は父に呼び止められた。

「黎君、君は日本の大学を卒業したらどうする?」

「海外の大学に戻って研究材料を見つけようかなと思ってる。世界中の壊れオメガを保護して、正しい相手を見つけるのもいいかなと。もちろん真冬も一緒だ」

その言葉に、座していたオーナーたちが「うちで研究しないか？」とその場でスカウトし始めた。スーパーアルファが欲しいだけなら無視するところだったが、父と一緒にオーナーをするくらいだから、面白い連中だとうかがえる。

「なるほどねえ。黎君はとても美しいから、ママの仕事でもいいと思ったんだが、あれはあれでなかなか社交性が試されるしね」

母は世界を股にかけての社交家で、父のために様々な場所で人脈を築いている。

「ああ、うん。それは無理」

「まあ、黎君ならどの分野でも名を残せると思うよ。あと、大学を卒業するまで二年あるから考えて。君に就職活動なんて必要ないし」

確かに現在も将来どうですかと引く手あまただ。

「なんでもできると、何をしていいのか分からないってのは本当だな」

「黎はまだ若いから、自分探しをしてもいいんじゃないか？　俺はどこまでも一緒にいるけどさ」

真冬の提案に「それもいいな」と笑顔になる。

「そうだな、真冬と一緒に旅をしたい。俺は……そうだ。まずはとにかく、真冬と二人の思い出を山ほど作りたい」

オーナーたちの前で腕組みをして偉そうに頷いてから、黎は「また後で連絡する。今日はまず、真冬と二人で家電量販店でカメラを買うよ」と言った。

動画やスマホのデジタルでも思い出は残るけれど、黎は写真をたくさん撮って、「写真」という形で二人の思い出を積み重ねたいと思った。

店を何軒も回って、専門知識を持った従業員の話を聞きながらカメラとレンズを買った。話を聞けば聞くほど様々な種類のレンズが欲しくなったが、初心に返り「人物の写真をメインで撮りたい」と伝えて、取りあえず二つ揃えた。

そして夕方に帰宅して今。

「一生忘れられない一日になった……」

黎はリビングに辿り着くと、崩れるようにソファに座る。

たった一日留守にしただけなのに、我が家がとても懐かしい。

「俺にとってもそうだ。……俺は黎とずっと一緒にいられる」

真冬は黎の隣に腰を下ろし、嬉しそうに目を細めた。

可愛い。可愛くて愛らしい。

黎はそっと手を伸ばし、真冬の頬を指先で撫でる。

指はするりと移動し、彼の唇をなぞった。

真冬は気持ちよさそうに体を震わせる。

「後で、真冬の写真を撮らせて」

機材はまだ箱の中に入ったままだが、夕食を食べて風呂に入った後に「開封の儀」を執り行おう。

最初はヘタくそな写真ばかりだろうが、こういうのは使っていかないと上手くならないしこつも掴めない。

「俺の写真でよければ」

「うん。数えきれないほど、二人の思い出を切り取って飾りたい。これは俺の生涯のテーマだな。仕事じゃないけど大事なテーマだ」

「そうだな。共にいられる幸福を味わおう」

ありがとう。黎に会えて凄く嬉しい。

真冬が頬を染めながら、彼に顔を近づけた。

そして、初めて自分からキスをする。

触れるだけのたわいないものだったが、黎には充分だった。

「なんなの可愛すぎるんだけど。マジで好き。絶対に離さない。愛してる。ところで真冬、なんかいい匂いがするな」

黎は真冬を抱き締めて、ゴロンとソファに転がる。そして首筋に顔を埋めて囁いた。

体臭とは違う、優しくて甘くて、それでいてとても安心できるいい匂い。これ以外の匂いはもう必要ないとさえ思った。

「その……俺も、黎からいい匂いがする。凄くいい匂い。頭がふわふわするけど嫌じゃなくて、心地よくて安心できる。凄く……黎が好きでたまらない。他は何もいらないって匂い。なんだろう、涙が出そうだ。なんの香水？」

「違う」

香水なんかじゃない、これはフェロモンだ。

絶対にそうだ。

なんで今頃、互いのフェロモンが分かるようになった？　これじゃまるで……。

二人ははたと気づいて顔を見合わせた。

そして二人は、「壊れオメガ」とは別の、もう一つの都市伝説を仲良く言葉にした。
「運命の番」と。

END

あとがき

こんにちは、髙月まつりです。

最後まで読んでくださってありがとうございます。

初めて書いたオメガバースです。

「おしかけオメガ君」、しかも「壊れオメガ」というパワーワード付き。

壊れてるオメガってなんだよとか、もっとこう格好いい単語に置き換えられなかったかと、考えるところもありましたが、言葉のインパクトにすべてを賭けてみました。

設定自体は結構前から脳内でコネコネしてたんですが、エッチの時のアレは、話を書いている途中に勝手に生まれてきました。

そりゃ壊れオメガが増えないわけだ、と、心の中でセルフツッコミをしつつ、書いていた次第です。

王道のオメガバースとはちょっと違いますが、こういうの書きたかったのです。

私の書く受けは薄幸度が極めて低い受けが多いけれど、時にはこんな真冬のように健気な受けも書きます。

真冬は健気だけどタフだから、これからはきっと黎君の助手みたいなことをしながら、二人で仲良く暮らしていくと思います。

そして、アルファの黎君的のように、「徐々に受けにのめり込んで、最終的に暑苦しく愛を語る」という攻めは、好きな攻めのパターンの一つで、今回もメッチャ楽しく書きました。


イラストを描いてくださった、みずかねりょう先生ありがとうございました。

格好いい黎と、彼に守ってもらっている真冬がとても素敵です！

ラブ度が高くて、彼らを見ていてこっちまでニヤついてしまいました。本当に、ありがとうございました……っ！

壊れオメガがあるなら、壊れアルファや壊れベータもいるよな……とそんなことを思いながら、またオメガバースの話を書けたら嬉しいな〜……と思ってます。

でも王道のオメガバースも書きたい。

あと、子供ができちゃう話もきっと楽しい。

そうそう、黎と真冬はちょっと特殊なアルファとオメガのカップルですが、将来きっと家族が増えると思います。幸せハッピー。

それでは、またお会いできれば幸いです。

髙月まつり

プリズム文庫をお買い上げいただきまして
ありがとうございました。
この本を読んでのご意見・ご感想を
お待ちしております!

【ファンレターのあて先】
〒153-0051 東京都目黒区上目黒1-18-6 NMビル
(株)オークラ出版 プリズム文庫編集部
『髙月まつり先生』『みずかねりょう先生』係

プリズム文庫

壊れオメガは俺のもの

2021年5月28日 初版発行

著　者　髙月まつり
発行人　長嶋うつぎ
発　行　株式会社オークラ出版
〒153-0051 東京都目黒区上目黒1-18-6 NMビル
営　業　TEL:03-3792-2411 FAX:03-3793-7048
編　集　TEL:03-3793-6756 FAX:03-5722-7626
郵便振替　00170-7-581612(加入者名:オークランド)
印　刷　中央精版印刷株式会社

Printed in JAPAN　ISBN978-4-7755-2961-4